君だけのガーディアン

水島 忍

白泉社花丸文庫

君だけのガーディアン　もくじ

イラスト／桜城《さくらぎ》やや

夕暮れから、薄闇へと変わる時刻だった。

季節は晩秋。もう学校の制服だけでは少し肌寒い感じがする。

オレ――国枝友基《くにえだともき》は学校帰りのスーパーに寄り、夕食に必要な食材を買い込んだ。一人暮らしで自炊しているから、鞄《かばん》を持ったまま買い物というのは、よくあることだった。

高校生で一人暮らしなんて、けっこうめずらしいらしい。確かに自炊は大変だし。だけど、オレは訳あって、こういう選択をしたんだ。大変でもなんでも、後悔はしてない。

買い物といっても、一人だと買う量はたかが知れている。オレはスーパーの袋に食材を詰め込んで、マンションへと歩き始めた。

オレが行く方向に、なんだかデカくて黒い車が道路の脇に停まっている。その周囲には、サングラスをかけた男が三人……。

なんか嫌な予感がする。って、オレでなくても、誰でも思うだろう。外見だけじゃなく、雰囲気《ふんいき》も普通じゃないし、まともな職業の男達にはとても見えないからだ。

オレは彼らと目を合わさないようにして、通り過ぎようと足を速めた。

男達は無言でオレに近づいてきた。

え……？

オレ、別に何もしてないのに。ただ、ここを通ろうとしているだけでもダメなのか。

素知らぬふりをしている場合じゃない。変に因縁《いんねん》つけられて、殴られたりするのは嫌だ。

オレは鞄と買い物袋を持って駆け出した。

が、男達に腕をつかまれ、取り囲まれる。

「な……なんだよっ。オレに何か用か？」

微妙に声が震えているのが情けない。だけど、こんな経験は初めてだ。今までごく普通の高校生として暮らしていたんだから。

男達は無言のまま、オレを車に連れ込もうとする。

もしかして、誘拐《ゆうかい》なのか。金目当ての。

「……放せ！　放せよっ」

暴れて抵抗して、大声を出す。車に連れ込まれたら終わりだと思うからだ。

オレの手から鞄や買い物袋が落ちる。ここでなんとか踏ん張らないと、とんでもないことになる。誘拐なんかされたくないし、みんなに迷惑がかかるのも困る。

オレがワガママ言って、一人暮らしを希望したんだから。

オレを車に押し込もうとしている男の一人が、急にオレから離れた。いや、横から現れた背の高い男が、そいつの襟首《えりくび》をつかんで乱暴に引き離したんだ。そして、素早くそいつの腹に拳《こぶし》を叩き込んだ。

うわっ。カッコいい……。

この危機的状況に、オレはそんな呑気《のんき》なことを一瞬考えた。

いや、だって、正義の味方にふさわしいようなビジュアルをその男がしていたんだ。年齢はたぶん二十代後半くらい。細身のスーツ姿が似合っていて、足が長くて……。ついでに、顔立ちも整っていて男前だった。

もっとも、この男がオレの味方かどうかなんて、判らないわけだけど。

「おまえ、誰だ！」

「邪魔するな！」

残りの二人がそう叫んだところをみると、とりあえず彼らの仲間でないのは確かということだ。オレは自分の肩をつかんでいた男の脛《すね》を思いっきり蹴飛ばし、彼らの間からするりと抜け出した。

助けてくれたほうの男はニヤリと笑うと、残りの二人も軽く殴り倒した。

「すげー……」

思わず感心していると、そいつはオレのほうを見て、にっこりと笑って横断歩道の向こうを指差す。

「逃げようか」

「あ……うん」

いつまでもここにいちゃ危険だってことだ。オレは鞄と買い物袋を拾うと、男と一緒に道路を渡り、人込みに紛《まぎ》れた。

「もう大丈夫かな？」

オレは今まで来た道を振り返ってみた。幸い怪しい男達はいないようだった。

「今日はもう大丈夫だと思うよ。でも、君を狙っていたみたいだし、明日は判らない。気をつけたほうがいいな」

そう言われて、オレは困ってしまった。

「気をつけろって言われても……。あんなふうに襲ってこられたらどうすればいいのかな。オレは抵抗してるつもりだったけど、みんな、見てるだけだったし」

あんな柄《がら》の悪そうな男達に絡まれているのに、誰も助けに入りたくはないだろう。オレが第三者だったら……と想像してみても、とても割って入れない。ひそかに警察を呼ぶくらいが関の山だ。

それを考えたら、この人、勇気のある人なんだな。

オレは改めて隣を歩く男を見上げた。男はオレのほうをちらっと見て微笑《ほほえ》む。

やっぱ、カッコイイや。今の騒動はドラマか映画の撮影かなって思うくらいだ。

「あの……ありがとうございました！　おかげで助かりました」

オレは立ち止まり、彼に頭を下げた。

「うん。いつでも助けてあげるよ」

「えっ、いつでもって？」

意外な返事にオレは戸惑った。

一体、どういう意味なんだろう。今日みたいに、たまたま通りかかったら助けてくれるって言ってるんだろうか。

男はニコニコしていて、どうにも正体がつかめない。

この人、本当に正義の味方かな。もしかして、オレを騙《だま》してるだけで、実はもっと悪い奴だったりとかしないだろうか。

「僕は君の隣に住んでるんだけど」

「え……？」

ということは、同じマンションということか。

春からずっと同じところに住んでいるが、考えたら住人の顔なんか全然知らない。特に近所付き合いもしないし、こんな男が隣に住んでいるとは思わなかった。

「なんだ。そうだったんだ……」

「僕は南雲雅彦《なぐもまさひこ》。君は確か……」

「国枝友基」

「高校生なんだね？　もしかして、一人暮らし？」

南雲さんはオレの手元にある買い物袋を見て、そう言った。こんなもの持ってなくても、オレが住んでいるマンションは１ＬＤＫだ。セキュリティがしっかりしていて、広めの贅《ぜい》沢《たく》マンションではあるけど、家族と住むような造りにはなっていない。

「うん、まあね。いろいろ事情があってさ」

そんなところでごまかしておく。命の恩人……といったらオーバーだが、あんな怖そうな男達から助けてくれた勇気ある人だけど、会ったばかりで個人の事情をペラペラと話す気にはなれない。

いや、会ったばかりでなくても、オレはそんなこと誰にも喋《しゃべ》ったりしない。学校の友達にも、一人暮らししていることは黙っている。自分が他人とどこか違っていることを悟られたくなかったからだ。

「生活力があるんだね。でも、何か誰かに狙われるようなことでもした？」

「あ……そうじゃないけど」

ちらっと探るように南雲さんの顔を見ると、ニコニコと笑顔を返される。

警戒しているのに、なんだか調子が狂ってしまいそうだ。この笑顔を見ていると、なんでも受け止めてくれそうな気がするのは、オレの勘違《かんちが》いかな。

そう思うけど……。

少しだけなら、打ち明け話をしてもいいかもしれない。だって、正義の味方だし。

「父親がちょいリッチだから、誘拐されかけたのかなって思った」

「営利誘拐か……。最近、あまりそういう話を聞かないけど、やっぱりあるのかな」

「さあ……。でも、他に心当たりなんかないし」

もちろん、誰かに恨みを買うような真似《まね》をした覚えもない。学校でも特にトラブルはないし、友達同士の喧嘩《けんか》で、あんなタチの悪そうな男達は出てこないはずだ。

「ま、とにかく気をつけようね」

南雲さんはオレの背中を元気づけるように軽く叩いた。

いい人なんだろうな。たぶん。

警戒する気持ちはまだ残っていたけど、なんとなく気持ちのいい人のように思える。それに、隣に住んでいる人なんだし、仲良くなっていても損はないに違いない。

同じマンションだから、同じ方向に歩くわけで、オレは南雲さんに話しかけた。

「あの……南雲さんも一人暮らし？」

「ああ、そうだよ」

「だったら、助けてくれたお礼に夕飯作るから、一緒にどう？　といっても、大したものは作れないけどさ」

その程度のお礼でいいのかなって気もしたが、菓子折りなんか持っていっても仕方ないだろう。

「あ、いいね。僕も一人で食事すると淋《さび》しいしね」

「えっ、大人の人もそんなこと考えるんだ？」

そんな子供みたいなことを考えるのは、オレだけかと思っていた。

「誰だってそうだよ。単身赴任《ふにん》のお父さんもね」

オレはちょっと乾いた笑いを洩《も》らした。単身赴任で淋しかったとしても、浮気するような男は大嫌いだからだ。もちろん、単身赴任でなくても、浮気する男は嫌いだ。

まあ、何も南雲さんは単身赴任のお父さんは浮気すると言っているわけじゃない。ただ、誰でも一人で食事をするのは淋しいというだけで。

「じゃあ、帰ったら、うちに来てよ。……あ、でも、南雲さんって、彼女がちょくちょく御飯を作りに来てくれるってイメージだけど」

「彼女？　そんなの、いないよ」

「へぇー……」

こんなにカッコいいのに。

それとも、オレのこと子供だと思って、適当なこと言ってんのかな。そりゃまあ、南雲さんに彼女がいようがいまいが、オレにはあまり関係ないことだけどさ。

「友基君は彼女いる？」

いきなり下の名前を呼ばれて、ちょっとビックリする。

「いない。女にあんまり興味ないし」

興味ないというのは嘘かもしれない。だけど、今は彼女を作るとか、そういうことは考えられない。

　オレにはやるべきことがあったから……。

「一人暮らしなら、いろいろやり放題だろうに、真面目《まじめ》なんだね」

「真面目っていうか……。ま、モテないしね」

「ほら、普通、夜遊びとかしそうなのに、こうして食材をスーパーで買って、自炊して……。なかなか、君の年齢でやれないと思うよ」

　オレは手にしたスーパーの買い物袋にちらっと目をやった。確かに、所帯じみているというか、高校生らしくない感じはする。

　オレの友達でバイトしている奴もいるし、親の金で派手に遊んでいる奴もいる。だけど、どちらの生活も、オレはできなかった。

「真面目に生活するのが、一人暮らしをする条件だったし……」

　そうじゃなかったら、許してもらえなかった。家を飛び出して、一人で勝手なことをするほど、思い切りもよくなかったし、育ててくれた祖父母に心配をかけたくないという気持ちもある。

　結局は、オレの性格が真面目なのかもしれないけどさ。

「まあ、そのおかげで、今日は楽しい夕食にありつけそうだ」

　本当に楽しそうに笑いながら、南雲さんはそう言った。

「オレとなんか食事して、楽しいかどうか判らないけど？」

「楽しいよ、たぶんね」

それは一人で食べるよりはってことなのかな。

なんにしても、オレに新しい知り合いが一人増えたようだった。


部屋に戻って制服から普段着に着替える。そして、冷蔵庫の中を覗《のぞ》いたところで、早速、ドアチャイムが鳴る。オレは一応、覗き窓から相手を確認してドアを開けた。

南雲さんはスーツの上着を脱ぎ、ネクタイを外しただけの姿だった。手にはウーロン茶の大きなペットボトルなんて持っている。一応、手土産《てみやげ》みたいなもんだろうか。

でも、オレがお礼をしたいだけなんだから、そんなの、いらないのにな。

「同じマンションの違う部屋に入るのは初めてだな」

南雲さんはオレにペットボトルを渡して、リビングに足を踏み入れると、めずらしそうに周りを見回した。

「オレも誰かをここに招いたのは初めてかな。引越しの業者の人や家具なんかの配送の人以外、誰も来てないから」

「友達、呼んだりしないの？」

「……うん、まあね」

そう答えたら、自分がまるで友達がいないみたいに聞こえることに気がついた。そういうわけじゃないが、他人を自分のプライベートの場に立ち入らせるのは好きじゃない。

こうして、初対面の相手を招くことがめずらしいんだ。というか、初対面の相手だから、こういうことができるのかもしれない。恐らく、こんなことも最初で最後だ。いくらニコニコしている相手でも、ずいぶん年が離れているし、話だって大して合わないだろう。

「適当にそのへん座ってて。あ、テレビ見る？」

「うん。僕も適当にやってるから、気を遣《つか》わなくていいよ」

南雲さんはソファに座って、テレビのニュースをつける。なんだか最初からここに住んでいるみたいな気軽さだ。

人懐《ひとなつ》こい人……なんだろうな。仕事は何をしてるんだろう。営業とかかな。

「南雲さん、洋食と和食、どっちが好き？」

「どっちでも。僕は誰かに食事を作ってもらうなんて久しぶりで、ワクワクしてるんだ。どっちだって大歓迎だよ」

それを聞くと、本当に彼女がいなかったのかなって思ってしまう。いや、食事を作ってくれるような彼女がいなかっただけかもしれない。本人もモデル風の容姿だから、彼女もそんな雰囲気の人で料理なんかしなかったりとかさ。

南雲さんの彼女がどんな人だったかなんて、オレには全然関係ないんだけど、妙に初めてと強調されると落ち着かなくなる。ほら、期待値が高いのに、変な料理を作っちゃったらどうしようと思ってさ。

でも、あんまり気取っても仕方ないか。ワクワクしてるなんて口だけのことかもしれないし、とりあえずお礼の意味を込めて夕食を出せばいいんだ。

「嫌いなものとか、食べられないものってある？」

「好き嫌いはないよ。あ、新聞読んでいいかな？」

「うん。いいよ」

南雲さんは自分の部屋のようにくつろいでいる。だから、オレも料理に専念しよう。

とりあえず、オレ的には頑張った食事をあれこれ作って出した。料理ひとつひとつは大したものじゃないけど、品数が多いし、盛り付けに凝《こ》ってみると、それなりのものに見えるような気がしてくる。

「わあ、ご馳走《ちそう》だね」

テーブルに着いた南雲さんはお世辞《せじ》もあってか、そんなふうに言ってくれる。

「分量がよく判らなかったから、作りすぎちゃったかも。たくさん食べて」

「うん。ありがとう」

「あ、お礼を言うのはこっちのほうだし。本当にありがとうございました。オレ、あのとき、ホントにどうなっちゃうかと思ったから……」

改めて頭を下げると、南雲さんはニッコリと笑う。

「いいんだよ。さ、食べようか」

あっさりとした人だな。でも、そのほうがいい。どうせ、これからの付き合いなんかないだろうしね。会えば挨拶《あいさつ》くらいはするけど、今までこんな人が隣に住んでいることすら知らなかったんだから、そんなに顔を合わせてはいないと思う。

ということは、これからもそんなに会うことはないってことだ。

だから、これは今日だけの会食だ。

「うまい。友基君、料理が上手《じょうず》なんだね」

「そうかな。普通だよ」

もしくは、高校生にしては上手《うま》いとかなのかもしれない。なんにしても、南雲さんは褒《ほ》め上手のようだ。人懐こいし、仕事はセールスマンとかなのかもしれない。

こんなにカッコイイ人が家に現れたら、大抵《たいてい》の主婦はなんでも買っちゃうんじゃないかなあ。

「南雲さんってさ、何してる人？」

「え、仕事のこと？」

「うん。普通のサラリーマンって感じがしないから」

「一応、会社経営が仕事だよ」

つまり社長だろうか。なんだかそんなふうには見えないのに。

「社長なのに、腰低いね。全然、偉そうにしてない」

「そうかな。でも、社長がみんな偉そうだとは限らないと思うけど」

「オレの知ってる社長は、めちゃくちゃ偉そうだよ。見かけからして厳しそうだし頑固だし、絶対、オレのこと見下してるなって思うし」

「それ、君のお父さんのこと？」

図星だ。父親がちょいリッチなんて言ったから、最初から見当つけられていたのかもな。

「まあ、そうだけどさ。南雲さんは父さんとは違う匂いがする」

「それは……君にとって褒め言葉なのかな？」

南雲さんは苦笑しながら訊《き》いてきた。

「そう、褒め言葉。オレ、父親のこと嫌いだから」

「ふーん。まあ、僕には関係ないことだね」

「そうそう。あ、これも食べてみて。うまいと思うよ」

オレは話題を変えるために、南雲さんが箸《はし》をつけてない皿を勧める。南雲さんはオレの誘導どおりにその料理を口に入れた。

「ああ、いい味だね。やっぱり友基君は料理が上手だ」

「それほどでも」

謙遜《けんそん》しつつも、褒められると嬉しい。なんだか手玉に取られているような気もしないでもないけど、オレは別にこの人に心を許しているわけじゃない。

今は楽しいふりをしているだけだ。

それから、オレと南雲さんはいろんな話をしながら、夕食を終えた。そして、南雲さんからもらったウーロン茶も食後に飲んだ。

これで、オレのお礼も終わりだ。

「おいしかった。今日はありがとう」

南雲さんは帰り際にそんなことを言う。

「だから、お礼を言うのはオレのほうなんだってば」

「ああ、そうだったか。でも、久しぶりに楽しかったから」

本気なのかどうか判らないが、本気で言っているとしたら、南雲さんはけっこう淋しい人なのかもしれない。

オレと同じで。

「ああ、そうだ。僕の会社、警備会社なんだよ」

南雲さんは靴を履《は》きながら言った。

「警備会社……？」

「そう。身辺警護、つまりボディーガードを派遣するのが主な業務だ」

南雲さんは人差し指と親指を立てて、拳銃みたいにオレの胸に突きつける真似《まね》をした。

そして、ニッコリと笑う。

「明日から君の警護をしてあげる」

「えっ、あの……」

そんなこと、頼んでないのに。というか、頼むつもりもないのに。

「じゃあね」

南雲さんはさっさとドアを閉めて出ていってしまった。

オレは玄関に一人残される。

追いかけて、そんなことしなくていいと言うべきか。いや、今のはきっと冗談だろう。

いくらボディーガードを派遣する業務だからって、社長自らボディーガードってわけでもないだろうし。

オレは南雲さんが三人の男相手に立ち回りを演じたことを思い出した。

あれなら、立派にボディーガードやれそうだ。

会社って、従業員が三人とかだったりして。で、社長自ら現場に出向いて、身辺警護をするんだろう。

だったら、忙しいだろうから、ますますオレなんかに構ってる暇はないよな。

そう……。

ただの隣人で、高校生のオレにボディーガードなんてさ。

あり得ないって。

オレは追いかけるのはやめにして、鍵をかけてチェーンをかける。今日は変なことがあったから、念のためだ。

そして、夕食の後片付けを始めた。


オレは六歳までこの街で暮らしていた。

ずっと母と二人きりだった。たまに父親が来て、おもちゃをくれたりするけど、いつも忙しそうにしていて、すぐにいなくなっていた。だから、幼稚園の友達に、お父さんの話をされると不思議《ふしぎ》だった。

どうして、よそのお父さんはそんなに毎日家に来るんだろうって。

オレの父親は運動会やいろんな行事に顔を出すことはなかった。だから、どうやら、うちが特殊なんだとは思うようになった。

そして、小学校に上がる少し前のこと。

朝、いつもより早く目が覚めたら、一緒に寝ていたはずの母さんがいなかった。マンシヨンの部屋の中、あちこち探したけど、見つからなくて……。

不安でたまらなくて泣いているところに、父さんがやってきた。

母さんは戻ってこないと言われて、そのまま、オレは父方の祖父母のところに預けられた。田舎《いなか》……というか、リタイアした人達が暮らすのんびりとした村に建つ大きな家で、オレは祖父母に可愛がられて育った。

父さんはやっぱりたまにしか現れなかった。後で判ったことだけど、父さんには別の家庭があった。いや、家庭があったのに、母さんとの間にオレという子供を儲《もう》けたんだ。

母さんは今も行方《ゆくえ》が判らない。どうしていなくなったのかも判らなかった。父さんは知っているのかもしれないが、オレには教えてくれない。

だから、オレはこの街に戻ってきた。母さんにどこかで会えるような気がして。

あの頃住んでいたマンションや、近所の友達のお母さんを訪ねて、いろいろ聞いて回ったが、母さんの行方は今も判らない。

でも、いつか……オレが探していれば、見つかるんだって信じたかった。

とにかく、オレは高校卒業まではこの街を離れないつもりだ。たとえ母さんを見つけられなくても、今はまだ祖父母の元に戻る気はしない。

別の家庭を持っている父さんへのわだかまりも捨てられないし。

やっぱり、オレとしては、好きな人は一人だけじゃないかって思うんだ。まだ真剣に誰かを好きになったことはないけど、一度好きになった人……まして結婚していたら悲しませたくない。

浮気なんて……。

結婚相手のことを愛していなかったとしても、そんなの言い訳にしかならないじゃないか。そういう父さんのことが嫌になって、母さんは出ていったんじゃないかとオレは思うんだ。

そのついでに、オレも捨てられたんだと思うと、悲しいけど。

でも、きっとそうしなきゃならない理由が、母さんにはあったはずだ。だから、オレは母さんに会いたかった。会って、あのときどういう気持ちだったのか聞きたい。そして、今はどんな気持ちなのか……。

結局、オレは母さんが忘れられないんだろうな。

高校生にもなって甘えたいってわけじゃないんだけど、すごくこだわりがある。会って、話をしないと、オレは納得できないんだ。

父さんのことも、母さんのことも。

二人が何故《なぜ》愛し合い、オレが生まれたのか。そして、オレはどうして捨てられたのか。

オレの心の中に何か空虚なものがあって、母さんの気持ちを知らないことには、それを埋められないような気がしてならなかった。

オレは夕食の後片付けをすると、風呂に入って、勉強をする。勉強だって手を抜けない。それもまた、一人暮らしの条件だったから。

いっそのこと、父さんとは縁を切って、バイトして自活するという方法もある。だけど、今まで育ててくれた祖父母を悲しませたくはなかった。

時々思うが、父さんの本当の家族はオレのことを知ってるんだろうか。知っていたら、どういうふうに思っているんだろう。

もちろん好意的な目で見られることはないよな。

そんなことを考えていると、つい落ち込みそうになってくる。いや、オレは特別に不幸ってわけじゃない。生まれや家庭は複雑ではあるけど、充分、可愛がられて育てられてきた。田舎で楽しく過ごしてきたし、今だって、ちゃんと友達もいる。

オレは全然、不幸じゃない。

コーヒーを淹《い》れて、またノートに向かう。参考書を見る。辞書を引く。

余計なことを考えないために。

明日はきっと今日よりいいことがあるに違いないと思えるように。

翌朝になり、オレは寝ぼけ眼《まなこ》で牛乳を飲み干し、身支度《みじたく》をした。

朝はどうも苦手だ。特にこれから寒くなってくる季節だから、余計に目が覚めない。いつまでも布団《ふとん》の中でぬくぬくとしていたくなるんだ。

だが、病気以外の欠席や早退はしないって、父さんと約束している。別に父さんもそんなことチェックしてないだろうが、オレは自分がした約束は守るつもりだ。

本当はサボりたい気分のときはあるけど……。

でも、そんなことをしたら、父さんに弱味を見せることになる。オレはそんなつまらないことで、父さんの目をまっすぐ見られないような奴にはなりたくないんだ。

朝食なんか食べている時間はない。牛乳を飲んだだけで外に飛び出した。

「おはよう、友基君」

オレはその声に振り向いた。

南雲さんがちょうど隣の部屋のドアから出てきたところだった。

「あ……おはよう。今から会社？」

社長なのに朝早いんだな。社長の出勤といえば、オレのイメージでは、運転手付きの車が迎えにきて、それに乗るって感じなんだけど。しかも、時間はこんなに早くなくて、みんなが出勤した後にゆっくり会社に向かうってイメージがある。

でも、社長にもいろいろあるもんな。もし従業員が三人だったら、社長も重役出勤なんかしてられないよ、きっと。

「そうだよ。ちょうどいいから一緒に行こうか」

南雲さんはオレの腕をつかむと、連れていこうとする。

「あ……ちょっと待てよ」

引きずるように連れていかれた場所は、駐車場だった。

「えーと、オレ、電車が……」

「学校まで送ってあげるよ。昨日みたいなことがあったら困るから」

「えっ、でも……そんなの悪いし……」

もしかして、昨日、オレの警護をすると言ったのは、冗談じゃなく、本気だったのかな。

いや、まさか。

今日はたまたま……だよな。そう。たまたま外に出たのが同じ時間だっただけで。

あれ……?

今まで一度も、学校に行くときに隣の住人と顔を合わせたことがないのに、今日たまたま同じ時間に外に出たんだろうか。

「はい、乗って」

南雲さんは白い車のナビシート側のドアを開けて、オレに笑いかけている。

オレ、どうもこの笑顔に弱いっていうか、ごまかされているような気がしてならないんだけど。

でも、ここまでしてもらって遠慮するのは悪いよな。好意はありがたく受け取っておかないと、逆恨みされても困るし。

「じゃ、遠慮なく……お邪魔します」

オレは素直にナビシートに乗り込んだ。南雲さんはドアを閉めると、ドライバーシート側から乗った。

なんとなく居心地が悪い。

ここまで親切にされると、どうしたらいいのか判らなくなってくる。

「ホントにいいの？　オレの学校までなんて……」

「いいんだよ。君の学校……領徳《りょうとく》学園だよね？　制服、見たことあるよ」

「えっ、知ってるの？」

「まあ、仕事の関係であのあたりにいたこともあるから」

場所を知っているからには、南雲さんの会社とはそんなに遠くないのかもしれない。ということは、ついでだってことかな。

シートベルトをつけると、南雲さんはなんだか機嫌《きげん》がよさそうな顔で、車を発進させた。

「南雲さんって、朝に強いほう？」

「え、別に。どうして？」

「だって、なんか朝からテンション高いっていうか……。オレ、朝、弱いんだ。ギリギリまで寝ていたいってタイプだから」

南雲さんはクスッと笑った。

「まだ眠い？　寝ててもいいよ」

「いや、いいよ。そんな……失礼だし」

いくらなんだって、ついでに乗せてもらった車で居眠りするなんて、超失礼だ。オレみたいな高校生でも、それくらいの礼儀はわきまえている。

「君の寝顔見てみたかったのに」

「えっ？」

「冗談だよ。本気にしないで」

ビックリした。寝顔が見てみたいなんて、女の子にならともかくとして、オレに対して使う言葉じゃないよな。

「南雲さんって、なんか人懐こいし、実はそっち系の人かなって、一瞬思っちゃった」

「そういう興味で君に近づいてるって？　ああ、そう考えると、僕はずいぶん怪しい人だね。会った早々、部屋にまで上がりこんじゃって」

「あ、部屋に呼んだのはオレのほうだし、ホントはそんなこと考えてないよ」

オレも冗談だってことを強調してみた。

だって、南雲さんはオレの恩人じゃないか。しかも、わざわざ車で学校まで送ってくれる人なのに、変な疑いをかけてるって思われたら困る。

オレ、すげー恩知らずじゃん。

じいちゃんから、オレはいつも言われていた。誰かに何かをしてもらったら、お礼を言わなくちゃいけない。口先だけじゃなく、態度でも示せって。

「でも、友基君の顔はけっこう可愛いほうじゃない？　学校でそう言われないかな？」

「誰も言わないよっ。オレはそういうタイプじゃないし」

オレの友達には可愛い顔の男がいる。仲間内で冗談みたいに、うちのクラスの誰よりも可愛いって言われてるけど、本人はいつも嫌そうな顔をしている。まあ、うちは共学だからね。女の子より可愛いと言われて、嬉しいはずもないだろう。

男子校でそう言われたら、微妙かな。嬉しいという意味じゃなくて、なんとなく危機感を持ってしまうっていうかね。どっちにしても、南雲さんは別にオレに対して、そんな気持ちは持ってないだろうと思う。

いや、たぶん……ね。自信があるわけじゃないけど。

「可愛いって言葉にも、いろいろ広い意味があるんじゃないかな。僕としては、友基君みたいなタイプは可愛いと思うんだ」

広い意味って言われても。

だけど、オレと南雲さんが並んだら、どう見てもオレのほうが可愛く見えるだろう。ほら、年齢的な意味でさ。南雲さんは背が高くてスーツも似合っていて、行きずりに誰かが困っていたらすかさず助けに入ることができる大人だ。それに比べたら、オレなんて、まだまだだ。

「じゃ、オレはもっと身体を鍛えようかな。今更、部活でもないけど、自主的にランニングするとか」

高校に入学したときには、母さんを探すんだって気持ちが大きすぎて、部活に入るなんて考えつかなかった。あれから、前に住んでいた場所に手がかりがないか探したけど、そんなに簡単に見つかるわけじゃないってことはよく判ったんだ。

本当はバイトをして、早く父さんの影響から抜け出したいんだけど……。

もちろん、それは父さんとの約束を破ることになる。そこまで反抗的になれば、じいちゃんもばあちゃんも悲しむだろうし、何より田舎に強制送還されかねない。オレの父親は、それくらいしかねない頑固親父《おやじ》なんだ。

「ランニングは危険だから、やめたほうがいいな」

「昨日の……アレ？　また来るのかな」

いきなりオレに近づいて、車に乗せて連れていこうとしていた男達。あれが現実のことだなんて、今もピンと来ない。確かに父親は金持ちだ。でも、オレは慎ましやかに暮らしているのに。

だいたい、オレは父親とは離れて暮らしていたし、あの男達はどうやって親子だっていう情報を入手したんだろう。それに、一番の問題として、オレの父親は情に流されるような人間じゃない。オレが誘拐されたって、きっと金なんか出さないと思うんだ。

つまり、オレの生命より容疑者逮捕優先。オレなんかを誘拐したって、一銭の得にもならないってことだ。

なんか、無駄死にするのはオレだけって感じだよな。

「来ると思って、用心しておいたほうがいいよ」

「用心ねえ……。なんか、面倒くさいな」

正直な気持ちを口に出すと、南雲さんは呆れたように笑った。

「実際にさらわれそうになったのに、ずいぶん呑気だね」

「うん。呑気かもしれないけど、オレは親と離れて、田舎でずっと普通に暮らしていたし、自分が狙われてるなんて実感が湧かないんだ。子供の頃から誘拐されるかもしれないって思ってたわけじゃないから」

「じゃあ、これからはそんなふうに考えたほうがいい。僕がボディーガード役をしても、君が無防備だったら話にならないよ」

あまりにさらっと言われて、思わずうなずきそうになった。

「身辺警護をするって、まさか本気だったとか……？」

「けっこう本気。ダメ？」

「あ、いや、ダメっていうか……」

「じゃ、決まり！」

南雲さんは自分勝手に決めると、鼻歌なんか歌いだす。オレはその整った横顔を唖然《あぜん》として見た。

「もしかして、今こうして車で送ってくれてるのも……？」

「そう。よく判ったね」

「普通判るよっ。でも、南雲さんは警備のプロなんだろう？　だったら、オレなんかにボランティアで……あ、ひょっとして、これ、お金取るの？」

オレの質問を、南雲さんは大きな声で笑い飛ばした。

「取らないよ。ま、乗りかかった船っていうか、お隣のよしみっていうか、御飯作ってくれたお礼っていうか、そんなとこ」

そんな気軽にボディーガードしたくなるものなんだろうか。南雲さんにとっては、もののついでみたいなものなのか。いや、そんな簡単に身辺警護するなんて言えないはずだと思うけど。

「なんか、そんなの変だ」

「うん。僕は人から変わってるってよく言われるよ。だから、気にしなくていい」

そう言われても、やっぱり気になる。だいたい、オレはあまり他人に借りを作るのが好きじゃない。だからこそ、昨日、夕飯をご馳走したんだ。

南雲さんはすっかり、オレをガードする気満々だし。

これでいいのか……？

できれば断りたいが、誘拐されて無駄死にするのも、そんなに嬉しいことじゃない。少なくとも、南雲さんが傍にいたら、大丈夫って気がする。そうするうちに、変な奴らも諦《あきら》めてくれるかも。

「じゃ、オレが身辺警護のお礼に南雲さんの夕食を作るってことで」

「毎日作ってくれる？」

「え？　そりゃ、南雲さんがオレなんかの料理でよければ」

「ラッキー！　ありがとう！」

なんでオレがお礼を言われてるんだろう。なんだか、不思議な気分だ。

しかし、この人、本当に警備会社の社長なんだろうか。実は職をなくしていて、適当なことを言ってただけなんじゃないかと思ったりして。

でも、オレからはお金を取らないって言ってるし。

「社長って、そんなに暇なんだ？」

「まあね。僕に限って言えば、そうなのかも」

どこかの会社にはゴルフ三昧《ざんまい》の重役もいるって、テレビで聞いたことがある。それが本当だなんて、オレは実は思ってなかったんだけど。

少なくとも、父さんはいつも忙しそうだった。もっとも、別の家庭があったわけだから、オレに割《さ》く時間なんて、わずかしかなかったのかもしれない。

「南雲さんって、なんか正体不明な人っぽいなあ」

「そんなふうに見える？」

「うん。謎の人って感じ。普通、隣に住んでるからってボディーガードやらないでしょ？」

「君はちょっと頼りないっていうか、守りたくなってくるタイプだからね。誰にでも、こんなサービスはしないよ」

頼りない……かあ。

確かにそうかもしれないけど、守りたくなってくるのか。警備会社の社長さんからすると、オレはそういう感じに見えるのかもしれない。

ともかく、あれこれ考えても仕方ない。

せっかくの好意なんだから、オレも精一杯のお礼をして返そう。

もうそれでいいんじゃないかな。

「あ、友基君のこと、呼び捨てにしていい？」

「いいけど……」

昨日会ったばかりで馴《な》れ馴《な》れしいって気もしたが、年上の人だし、これから毎日食事をともにする相手なんだから、呼び捨てでいいよ。南雲さんじゃなくて、南雲って」

「僕のことも呼び捨てでいいよ。南雲さんじゃなくて、南雲って」

「え、それはちょっと……」

自分よりはるかに年上の人をそんなふうに呼ぶのは、失礼なんじゃないかな。最初からずっと、タメ口きいといて、今更だけど。

「じゃ、雅彦でもいいけど」

「う……。考えとくよ」

雅彦って呼ぶと、なんかめちゃ仲良しって感じじゃないか。こんなに年が離れているのに、本当にそれでいいのかな。名前呼び捨てというより、愛称と思えばいいんだろうか。

やっぱり、南雲さんって変わった人なんだ。

オレにはそうとしか思えなかった。


あれから、南雲さん……というか、本人の希望で南雲って呼ぶようになったんだけど、オレ達の間は妙に接近してしまった。

毎日毎日、車で送り迎えしてもらえば、そういうことにもなるかな。

そんなわけで、オレは友達と遊ぶこともなく、まっすぐ家に帰ってきている。途中でスーパーやドラッグストアに寄ったりはするけどね。

そういうときも、いつも南雲は一緒だし。

なんか、オレ達の関係って、不思議なんだ。南雲はボディーガードのつもりらしいけど、オレは別に南雲を雇っているわけでもないし。ただのお隣さんと呼ぶには、南雲はもうずいぶんオレの部屋に入り浸《びた》っている。

最近は朝から寝起きの悪いオレを起こしにきて、ついでに朝メシまで作ってくれる。時々、オレ達の関係って、一体なんだろうって思うんだ。だって、これじゃ、ほとんど同居してるみたいだ。

友達だって部屋に呼ばなかったのに、気がついたら、オレの部屋はすっかり南雲に侵食されてたって感じだ。

でも、不思議なことに、それがそんなに嫌でもなかった。

南雲が人懐こい性格だから……なのかな。

オレが一人暮らししている理由もとやかく訊いてこないし、オレも南雲のことをあまり訊かない。それでも、仲良くやっていけてるんだから、もうこれでいいかって。

オレは細かいことを、うじうじ考えるのが好きじゃなかったから、そう思っている。

そして、オレが南雲と知り合って、三週間が過ぎた。

オレは南雲と待ち合わせの時間まで、学校で勉強をやって過ごす。そして、時間ぴったりに校門の前に立っていると、南雲が車でやってくるんだ。

オレはいつものようにナビシートに乗り込み、シートベルトをつける。

「南雲って、いつも時間に正確なんだね」

「うん。デートには遅れたことないよ」

そんなことを言う南雲は、毎日、オレと一緒に行動している。たまにはデートしたくならないのかな。彼女はいないと言っても、この容姿なら、すぐにでも作れそうなのに。

「なんかさあ、南雲はオレといつも一緒にいて飽きない？」

「別に。友基は僕といるのに飽きたかな？」

南雲はオレのほうに目を向けた。オレは車に乗ると、南雲の整った横顔を見るのがクセになっていたから、うっかり目が合ってしまう。

ドキッとして、視線を逸《そ》らした。

いや、男の横顔をじっと見つめるなんて、変な奴だと思われたら嫌だし。でも、南雲の横顔って、ホントに整ってるから、つい目が行くんだよ。

別に変な意味じゃないって。

誰にも訊かれてないのに、オレは自分自身に対して心の中で言い訳をした。

「オレのほうは別に飽きないよ。南雲といると、けっこう楽しかったりするし、もうしっかり馴染《なじ》んだっていうか……」

「馴染んでるのか。それって、いいのか悪いのか……」

「え？　どういう意味？」

馴染むと、都合《つごう》の悪いことがあるのかな。

「いや、特に意味はないよ。そうだね、馴染んでもらえると嬉しいかな」

南雲の言うことは、相変わらずよく判らない。こっちが言ったことに対して、微妙に外した答えがよく返ってくるんだ。

まあ、それにも馴染んだし。

南雲はちょっと変人なんだよ。たぶん。

「今日はスーパーに寄る？」

「あ、うん。買うものがあるから」

「ＯＫ」

南雲は車をスタートさせた。

今日はオレの誕生日なんだ。って、南雲はどうせ覚えてないだろうけどね。ずいぶん前に誕生日を訊かれて答えたことあるけど、南雲にとってはどうでもいいことだろう。

だけど、オレは自分のために少しご馳走を作ろうかなって思うんだ。

ささやかな幸せってやつかな。一緒にいる相手が南雲っていうのも、なんか変だけどさ。

どっちにしたって、可愛い彼女が自分といるところなんて想像できない。だったら、一人で祝うより、とりあえず南雲がいてくれるだけでいい。

南雲は食費も入れてくれているので、その分と自分の食費を合わせた額で、オレはいつも買い物をしている。これじゃやっぱり同居してるみたいだって思うけど、食事を作るにも材料費がかかるのは事実だしね。

ということで、オレはその食費の中から奮発《ふんぱつ》して、小さなステーキ用の肉のパックを手に取った。

贅沢……かなあ。オレだけならともかく、南雲もいるし、オレだけのささやかな楽しみのために、これを買ってもいいものかどうか。

ちらっと横を見ると、南雲はニッコリと笑う。

どうでもいいけど、南雲は目が合うたびに、こんな表情をする。こんなにカッコイイんだから、そんなに笑顔の安売りしなくていいのに……なんて思うんだ。

「ステーキにする？　だったら、今日は奮発して、こっちを買おうよ」

南雲はもっと大きめの肉のパックを手に取って、買い物籠《かご》に入れた。

「いいの？」

「別にわざわざ僕に訊かなくてもいいんだよ。僕は君の料理のお裾《すそ》分《わ》けをしてもらってるんだから」

「え、そうだったっけ？　でも、今はほら、オレと南雲って、ほとんど同居してるようなものだし」

「同居……。そうだね。同居みたいなものだね」

南雲は急に嬉しそうな顔をした。

「僕と友基、部屋は別だけど、同居してるも同然だからね。うん」

何故か、オレの肩に手を回して、ご機嫌な様子《ようす》だ。同居みたいだと何か嬉しいことでもあるんだろうか。

相変わらず、南雲の感覚はよく判らない。だけど、ステーキ肉を買っても大丈夫だっていうのには、ホッとした。

そんなの、もったいないとか言われて、反対されたら嫌だし。

オレも機嫌よく、他の買い物を済ませた。そして、マンションへと戻る。

「さあ、張り切って料理するぞーっ」

南雲にはオレがなんてこんなに張り切ってるのか判らないだろう。けど、それでもいいんだ。

鞄を置き、制服の上着を脱いで、オレは腕まくりをする。南雲は持ってくれていた買い物袋を食卓の上に置いた。

「友基、僕はちょっと出かけるところがあるから……。僕がいない間、誰が来ても部屋の中に入れちゃダメだよ」

南雲は七匹の子ヤギのお母さんみたいなことを言って、オレに注意をする。そこまで言われるほど、オレは無防備じゃないんだけどな。

「南雲は過保護だなあ。オレ、子供じゃないのに」

「でも、心配だから。宅配を装って……とか、あるでしょ。絶対、誰も入れちゃダメだからね」

そう言われれば、確かに宅配を装って侵入というのは、よくある話だ。普通は知らない人間を部屋に入れることはないが、宅配の人だったらドアを開けてしまうかもしれない。

「判った。南雲以外、誰も入れない。これでＯＫ？」

神妙な顔でそう言ったら、南雲はうなずいた。

「じゃ、ちょっとだけ出るから。すぐに戻ってくるよ」

南雲は突然オレの肩に手を回し、引き寄せた。そして、なんの前触れもなく、オレの頬にチュッとキスをした。

な……何っ？

オレは何事が起こったのか、一瞬判らなかった。それくらい、南雲の行動はオレにとって予想外だったんだ。

南雲は笑顔でオレを放して、出ていった。

オレは恐る恐るキスされた自分の頬に手を当てる。

今、確かにキスされたよな……？

南雲の唇の感触がまだ残っているような気がする。別に嫌だとかは思わないけど、どうして自分がそんなことをされたのか、さっぱり判らない。

ただの挨拶……とか。

いや、南雲ならありそうだ。あいつの言動は意味不明なことが多いし。

そうだ。これは挨拶なんだ。

オレは無理やりそう思い、平静な気持ちになろうと努めた。

それより、夕飯を作ろう。おいしいご馳走で、こっそりと自分の誕生日を祝うんだ。オレはそう考えて、キッチンに向かった。


動揺しつつも、スープや付け合せは完成した。後は肉を焼くだけになったところで、玄関のチャイムが鳴った。きちんと南雲だと確認して、オレはドアを開ける。

すると、いきなり目の前に花束が現れた。

「友基、誕生日おめでとう！」

オレはビックリしながらも花束を受け取った。

「覚えてくれてたんだ……」

前にちょっと言っただけなのに、まさか覚えていてくれてるとは思わなかった。たぶん父さんだって、オレの誕生日なんて知らないと思うのに。

「まあね。僕は記憶力いいほうなんだ」

ということは、ステーキ肉のときも、判っていて、こっちがいいと言ってくれたのか。

「ほら、ケーキも買ってきた。友基はチョコケーキが好きなんだよね？」

そんなことまで覚えてくれてたなんて……。

なんだか、ホロッと来てしまう。ほとんど同居みたいな生活をしているといっても、オレはそれほどまでに南雲に心を許したつもりはなかったのに。

「ありがとう……。すごく嬉しい」

胸が熱くなり、涙がじわりと目に溜まっていく。オレはあわてて手の甲で擦《こす》った。

「ああ、手で擦ると目にバイキンが入るよ」

南雲はオレの手首をつかんで外すと、目が赤くなってないかどうか探るように、じっと見つめてきた。

さっき頬にキスされたことを思い出して、急にドキドキしてくる。

男同士で馬鹿みたいだけどさ。

頬とはいえ、なんでキスなんかしたのかなって……。

南雲はやがてニッコリと笑った。

「大丈夫かな。目は大事だから擦らないようにね」

「……うん。あ、後は肉を焼くだけだから。テーブルに着いて」

オレは南雲を座らせると、手早く調理を開始する。肉が焼けて、オレは料理をテーブルに並べた。

「じゃ、先にケーキにローソクを立てようか」

「わざわざローソクまで？」

そこまでしてくれなくてもいいのにと思うのに。ケーキの箱を開けると、小さいけどちゃんとホールのケーキが入っていた。オレが好きだって言ったチョコケーキにいちごが載っている。

しかも、『ともきくん　おたんじょうびおめでとう』などと書かれているホワイトチョコも載っていて、オレは思わず笑ってしまった。

「なんで、全部ひらがななんだよ」

「なんとなく雰囲気が出るかなって」

一体、なんの雰囲気なんだか判らない。そこがちょっと変わったところのある南雲らしいと思ったが、オレはふと昔のことを思い出した。

母さんがいた頃のことだ。こんなふうに、ひらがなの文字で、おめでとうと書かれていなかったか。

南雲がローソクを立ててくれるのを、オレはしみじみと見入ってしまった。もう泣いたりはしないけど、胸の中が懐かしい想いでいっぱいになる。

ローソクに火をつけ、南雲は部屋の明かりを消した。

「改めて……誕生日おめでとう」

「うん。ありがとう！」

ふーっと火を吹き消す。こんなことも、子供のとき以来だ。誕生日の度に、田舎で祖父母がこんなふうにケーキを用意してくれていたが、いつも父親はその場にいなかった。結局、オレなんか、いてもいなくても一緒なんだと思う。

真っ暗になって、それから南雲は明かりをつけてくれた。

「ホントにありがとう。たかが誕生日なんだけど、こんなふうに祝ってくれる人がいてくれると、嬉しい」

「たかが誕生日っていうけど、けっこう重要なことだよ。誕生日がなかったら、友基はこの世に生まれてないってことだから」

「そりゃ、そうかもしれないけど」

南雲の理屈はなんとなくおかしい。おかしいけれども、オレの心には深く染み入った。

元々《もともと》、父親の家庭の外で生まれた子供で、母親にも捨てられ、自分が生まれたことに何かひとつでも意味があるのかって思っていたからだ。

そうだよな……。少なくとも、じいちゃんやばあちゃんはオレのこと、可愛がってくれたじゃないか。

自分が生まれたことの、何もかもを否定しなくてもいいはずだ。

「おいしいね」

南雲はオレの作った料理を食べながら、そう言ってくれた。

「やっぱり奮発して、いい肉を買ってよかったよ」

「肉だけじゃないよ。全部おいしい」

「ホント？　南雲はお世辞が上手いからなあ」

「本当だよ」

ふと気づくと、なんだか新婚カップルか何かの会話みたいになっている。オレは照れ笑いをしながら、食事をする。

なんか馬鹿みたいかもしれないけど、ずっとこんなふうに南雲と食事ができたらいいな。

もちろん、そんなの無理だって判ってる。南雲はいずれ彼女ができるだろうし、そうなったら、オレのボディーガードもやめてしまうに違いない。

そもそも、お隣のよしみで、そんなことを自ら買って出てくれているわけだし。

そして、そのお礼が、こうして食事を作ることで……。

南雲のおかげかどうか知らないが、最初の日以来、変な男達に誘拐されそうになったことはない。そういう危機も感じたことはなかった。だから、本当はもう、誰もオレを狙っているわけじゃないかもしれないんだ。

だったら、こんな関係がいつなくなったって、おかしくない。

南雲はいつか、オレの誕生日も、好きなケーキも忘れてしまうかもしれなかった。

いや、そんなことを考えても仕方ない。

それは本当に……仕方のないことなんだ。

みんながオレから去っていって、誰も残らなくても。

「何？　急に元気がなくなったけど、どうかした？」

気分が落ち込んだことで、表情が暗くなってしまったのか、南雲が敏感にそれを察知して尋ねてくる。

「なんでもないよ」

オレは作り笑いをした。

南雲は優しいし、今はオレのことを考えてくれている。だけど、それが永遠に続くわけじゃないってことは肝に銘じておかなくちゃいけない。

いつ別れが来ても、平気な顔をしていられるようにさ。

オレはそんなときに裏切られたって思いたくない。だって、裏切られたってことは、信じた自分が馬鹿だってことになるじゃないか。それが当たり前なんだって、オレはいつも思っていたい。

誰かを心から信じてはいけないんだ。

「南雲の誕生日っていつ？」

「六月十三日。僕の誕生日もこうして一緒に祝ってくれる？」

六月なんて、まだまだ先じゃないか。それまでずっとこの生活が続くなんて保証は、どこにもなかった。

「南雲に彼女ができなければね」

「できたら、祝ってくれないんだ？」

「だって、彼女がいたら、普通、彼女がこんなふうに手作り料理作って、祝ってくれるもんじゃないの？」

オレなんか、どこにも出番はないじゃないか。

南雲が欲しいって言うなら、花束のプレゼントくらいしてやってもいいけど。自分がしてもらってばかりじゃ、心苦しいし。

でも、よく考えたら、男へのプレゼントに花束っておかしくないかな……。

南雲はどうしてオレに花束なんてくれたんだろう。いや、オレは自分の誕生日を祝ってくれる気持ちが嬉しかったから、特に物にはこだわらないけどさ。

「半年後にも、彼女なんていないと思うけどね」

南雲は自信ありげに言った。

「じゃ、そのときはオレが盛大に祝ってやるよ」

「盛大に？　何してくれるの？」

「もっと豪華料理を作る。それから……なんだろう。二人で花火でもする？　全然、盛大じゃないね」

オレが自分の言ったことに自分でツッコミを入れると、南雲は笑いだした。

「いいよ。花火で。その代わり、忘れないで。約束だよ」

南雲はオレに小指を差し出した。

指切りっていうのも久しぶりだな……。

子供に返ったつもりで、オレと南雲は指切りをした。

食事の後片付けをしてから、コーヒーを入れて、リビングのソファでゆっくりとケーキを食べる。南雲は甘いものも大丈夫なのか、おいしそうに食べている。そういえば、南雲が酒を飲んでいるのを見たことがない。ひょっとしたら、酒が飲めなくて甘党なのかもな。

「なあ……。南雲の部屋って、どんな感じ？」

食事を作るのがオレだからってこともあるが、南雲がこっちの部屋に入り浸っているだけで、オレは南雲の部屋には行ったことがない。

だから、南雲がどことなく正体不明の男みたいに思えるのかもしれない。いつも一緒にいながら、プライベートを明かさない雰囲気があった。

「どんな感じって言われてもね。僕の部屋、来てみる？」

「えっ、行ってもいいの？」

てっきり、何か隠したいことがあって、秘密にでもしてるのかと思ったのに、あっさりとそう言われてビックリする。

「全然構わないよ。じゃ、ケーキ食べてしまおうか？」

「うん！」

他人の部屋に行ったからって、何か面白いものがあるわけでもないだろうけど、南雲のプライベートが見られるのかと思うと、興味はある。

モデル風美形で、警備会社の社長。でも、彼女はいなくて、高校生のオレを何故かいつも警護してくれて、部屋に入り浸っている奴。

やっぱり、ちょっと変わってるからね。一体どんな生活をしているんだろうか。

たかが隣の部屋に移動するだけの話だけど、なんとなく嬉しい。

それに……。

いつも南雲が帰った途端に、なんだか淋しくなってしまうんだ。そんなにいつも南雲と楽しく喋っているってわけじゃないのに、妙に部屋が静かになったような気がして、リビングのテレビをつけたりして。

勉強のことが頭を過《よ》ぎるけど、今日は誕生日だから特別だ。南雲の部屋に行って……それから勉強すればいいんだ。

オレはなんだか嬉しくて仕方なかった。


「へぇ……南雲の部屋って、シンプルなんだ」

ごちゃごちゃしたものが置いてない。というか、綺麗に片付けられていて、外側には出してないだけなのかな。

リビングにはふかふかの大きいソファが置いてあった。

「これ、座り心地いい！」

まるで身体を包み込むようなソファで、オレは背もたれに背中を預けた。

「ソファを買うとき、僕もこの座り心地で決めたんだ」

南雲はオレの隣に腰かけてきた。そして、オレの肩に手を回す。

背もたれと一緒になって、南雲の身体がオレを包み込んでるような錯覚を起こして、オレは不意に南雲にキスされたことを思い出した。

キスっていっても、頬だし、あれは挨拶みたいなものなんだろうし……。

意識するほうが馬鹿なのかもしれない。そう思いながらも、オレはなんだかドキドキしてきた。

「寒いかな？　暖房つける？」

「あ……ううん。このままでいい」

南雲の身体の温もりが伝わってくるようだった。オレはそれが不快じゃなかったし、できれば、ずっとこうしていたいと思った。

南雲から手を回してきたんだし、きっとオレ同様、こういうのが嫌じゃないはずだ。もちろん、オレはこんなふうに誰かと身体を接触させるのは初めてだったけど。

すごく満ち足りた気分になってくる。

幸せ……って言ってもいいかな。

南雲に誕生日を祝ってもらったのも嬉しかったし、こんなふうに身体を預けていると、子供に返った気分だった。

もう、こんな安らぎは味わえないと思っていたのに。

オレはもっと安らぎたくて、南雲に甘えるように首を傾けた。南雲はオレの髪を撫《な》でてくれて……。

そのとき、かすかな溜息を聞いて、オレはハッと我に返った。

「ごめん。迷惑だった？」

オレはあわてて身体を起こした。

甘えすぎたのかもしれない。考えたら、男同士でこんなことしたら変だ。南雲は部屋を見せたら、オレをさっと帰すつもりだったのかもしれないし。

せっかくの温もりを手放すのは淋しかったが、嫌われるよりマシだ。

「そうじゃないよ」

立ち上がろうとしたオレの身体を、南雲は引き寄せた。すると、さっきよりも接触することになり、まるで抱きしめられてるみたいだった。

「でも……甘えられて嫌だったんだろう？」

「違う。友基に甘えてもらえるなら嬉しい。ただ……自分の部屋にいるから、緊張感がなくなるというか、自制心が消えてしまうというか……」

「意味、判んないんだけど」

緊張感や自制心という言葉が、どうしてここに出てくるんだろう。どっちにしても、オレに甘えられるのは嫌じゃないというなら嬉しい。

南雲はオレの髪を撫でた。

「困ったな……。ホントに困った」

「何がそんなに困るんだよ？」

「君が可愛くて困るんだ」

「はあっ？」

ますます意味が判らなくなって、オレは顔を上げた。すると、南雲はじっとオレの目を見つめてくる。

なんか距離が近すぎないかな……。

心臓がドキドキしてくる。

今にも、また頬にキスでもしてきそうな雰囲気が、南雲にはあった。

「そんなに僕を見つめちゃダメだよ」

「南雲が見つめてるんじゃないか」

「うん。そうなんだけど……」

南雲はオレの頬を撫でる。

顔がふっと近づいてきて、オレは何故だか目を閉じた。

この位置だと、南雲の唇が当たる場所は、オレの唇のような気がするんだけど……。それが判っていても、オレはよける気にはなれなかったんだ。

「……していい？」

唇に息が触れる距離で、南雲は尋ねてきた。

オレは馬鹿みたいに目を閉じて、じっとしてるのに。

「……うん」

小さくうなずくと、唇が重なった。

初めてのキスの相手が男だとは思わなかった。だけど、そんなに嫌でもない。なんだかごく自然のこととして、オレは受け止めていた。

舌がするりと中に入ってきて、オレの舌に触れる。

ドキンとして、オレの身体は震えた。でも、いつの間にか南雲はしっかりとオレを抱きしめていて、唇も離そうとはしない。

なんか、頭の中がふわふわしてくる……。

南雲のキスはとても優しい。まるでオレをなだめるように、ゆっくりと舌が動いている。

身体がゾクッとして、自分のそんな反応にビックリした。

寒いわけじゃなく、嫌悪感でもなく……なんだろう。まるで感じてるみたいな感覚に、オレは戸惑っていた。

だって、相手は男だよ。キスくらいで感じたりしないって。

でも、南雲は唇を離してくれないし、そのうちオレの背中を撫でてくるし。

ど、どうしよう……。

南雲の身体を押しやったり、顔を背《そむ》ければ、きっとこれ以上、キスされることはないと思うんだ。けど、このまま何もなかったように振る舞われたら、それも嫌だ。

南雲との間に距離を作るのは嫌なんだ。

こんなに近づいてしまったら、もう後戻りできない。何もなかったように、南雲と今まで同じようには過ごせないし、何より今、南雲に突き放されるのが怖かった。

だったら、このままでいい。

南雲が何をしようとしているのか怖いけど、拒絶して嫌われたくない。

それに……。

南雲にキスされているうちに、オレの身体は徐々に熱を持ち始めていた。

これはちょっとマズイって……。

だけど、キスされていると気持ちいい。身体を撫でられるのも、なんだか……。

オレはとうとうどうしていいか判らなくなっていた。

南雲の手がオレのシャツのボタンを外している。そうして、手がシャツの中に侵入してきた。

そうして、素肌の胸を撫でられる。

南雲にはオレの心臓の音が伝わるかもしれない。こんなにドキドキしていることを知られたら、恥ずかしい。

だって、まるで何かを期待してるみたいじゃないか。

南雲の指先がオレの乳首をとらえる。

身体がビクンと大きく揺れて、唇が離れた。

「あ……オレ……」

「ココをいじられるのが好き？」

オレは無言で頭を振った。

そうじゃないって言ったつもりなのに、南雲はなおもそこを撫で続ける。その度に、オレの身体はビクビク震えていく。

これじゃ、オレが言ったことは嘘ってことになってしまう。

「もう……嫌……」

ここで初めて拒絶の言葉を出した。けれども、出てきた声は甘い響きを伴っていて、誰がどう聞いたって、嫌がってるようには思えないだろう。

「ホントに嫌？」

南雲は乳首をいじりながら尋ねた。

「……うん」

それでも、声のトーンがいつもと違う。オレ自身も、本当はやめてほしいのか、続けてほしいのか、もうよく判らなかった。

「じゃあ……試してみようか」

「え……あっ」

南雲はオレの身体をソファに横たえていた。そして、シャツを左右に広げて、羽織《はお》っているだけの状態にする。

「な……南雲……。オレ……」

何をされるんだろう。怖いのに、オレは何かを期待している。股間は興奮しきっていて、硬くなっていた。

南雲の整った顔が近づいてくる。

「友基の顔、今、すごく色っぽくなってるよ」

「色っぽい……？　嘘！」

そんなはずないだろうって思う。オレは男だし、そんな顔にはならない。

「本当。頬がピンク色になっていて、目も潤《うる》んでいる。いつもと全然違う」

そんなことを言う南雲の顔は、いつもと変わりがなかった。自制心がないとか、そんなふうには全然見えない。

南雲はふっと笑って、オレの前髪を撫でた。

「ごめんね。止めようと思えば思うほど、止められない。せめて君が……全然なんでもないような顔をしてくれてればよかったのに」

南雲はそう言って、再び唇を重ねてきた。

柔らかい舌が絡んできて、身体が震える。

もう……オレ、どうにかなっちゃいそうだ。

このまま南雲のすることに身を任せていたら、どうなるんだろう。もっとエッチなことをされるんだろうか。それから、もっと気持ちいいことも……。

キスされながら、指で乳首をいじられる。たったそれだけのことなのに、オレは南雲の手の中で身体を震わせ続けていた。

「あ……っ」

南雲は唇を離すと、オレの首筋にキスをした。

はっきりとした快感が背中を這《は》い登ってくる。もう、感じてないなんて言い訳はできない。オレはその快感の虜《とりこ》になりかけていたんだ。

南雲の唇がオレの胸を這っている。そして、それがオレの乳首を捕らえた。

「あ……あん……っ」

オレの口から喘《あえ》ぎ声みたいなものが飛び出してきた。

どうにも抑えられないくらい、快感のレベルが上がる。指でいじられただけでも気持ちよかったのに、唇で刺激され、舌で転がされたら……。

「あ……ふっ……ん」

自分でも恥ずかしいのに、声が止められない。両方の乳首を舐《な》められて、オレはどうすることもできなかった。

「ダメ……もうダメ……っ」

どうにも耐えられなくなって、オレは南雲を押しやった。

涙が目に溜まっている。気持ちよすぎて苦しいんだ。

「じゃあ……やめる？」

刺激をやめられると物足りない。こんなに興奮しきっているのに、どうして自分からやめるなんて言えるだろう。

「だって……変になる」

「変になるのが怖い？」

南雲はさらりとオレの股間をズボンの上から触った。

「あっ……どうしていいか判らなくなる……っ。恥ずかしいし、気持ちいいし、こんなオレは嫌だし……っ」

「こんな僕は嫌い？」

南雲の手はまだオレの股間の上にある。布越しの刺激なのに、興奮しているそこには、ダイレクトに響く。

「嫌いじゃ……ない……けど」

「こんなことをする僕のこと、嫌じゃないんだね？」

「でもっ……」

このまま進むのが怖い。でも、ここで放り出されて帰れって言われたら、つらい。

快感を求める気持ちとは別に、オレは南雲ともっと一緒にいたかった。もっと触れ合いたい。もっと自分の近くに引き寄せたかった。

南雲の指がズボンのファスナーをつまんで下ろす。そうして、その中に手を潜《もぐ》り込ませた。

「あっ……」

下着越しに硬くなってるもののラインをなぞり上げる。

それだけで危うくイキそうになって、オレはぐっと力を入れて堪《こら》えた。

「オレ……オレ……っ」

もっとしてもらいたくて、身体が悶《もだ》えている。ここまでされて、その欲求を止められなかった。

涙が目尻から零《こぼ》れていく。

「南雲……ぉ……」

オレは南雲にすがるような目つきで見てしまった。南雲はそれを見て、ようやく手を出して、改めてズボンと下着をオレの足から引き抜いた。

オレはなんだか耐えられなくて、目を背ける。

だって、みっともないじゃないか。キスされて乳首をいじられただけで勃《た》つなんて。

南雲はそっとその部分に触れた。

触れられただけで、身体がビクンと反応を返す。

「恥ずかしいよ……。こんなの……」

「大丈夫だよ」

何が大丈夫なのか判らないけど、そう言われたら、なんとなく安心できる。少なくとも、南雲はオレのこんな姿を見て、恥ずかしい奴だとは思ってないわけだから。

「こんなに反応してるなんて……可愛い」

南雲はそう言うと、オレのその部分に顔を近づけた。

ハッと気がついたときには、南雲はそこにキスをしていた。

「えっ……あの……」

オレの戸惑いを無視して、南雲はそこに何度もキスを繰り返す。そうして、根元から舌を這わせていく。

「わっ……あっ……」

信じられなかった。まさか、そんなことをされるなんて、

「気持ちいい？」

「いいけど……でも……」

「いいなら、それでいいじゃない？」

南雲はオレが狼狽《ろうばい》しているのも気にしない様子で、先端を口に含んでは離す。それを何

度も繰り返した。

「あ……ああっ……」

オレ、すごいこと、されちゃってる。

その部分が痺《しび》れてくるようだった。気持ちよすぎて腰が揺れる。身体の欲求がどんどん高まっていって、このままじゃ……。

「ちょっ……マズイっ……」

「イキそう？　イッちゃう？」

そんなふうに訊いてくれてる間にも、オレの腰は揺れている。もうどうにもならないくらい高まっていて、我慢できそうになかった。

「オレ……っ」

「いいんだよ。イッちゃって」

南雲はオレのそこを完全に口に含んでしまった。そうして、くわえたまま、そこを刺激していく。

こんなことされたら……。

「あぁ……っ」

身体の奥から熱い何かが押し寄せてくる。たまらない。

強烈な快感が身体を貫《つらぬ》く。オレは目をギュッと閉じた。

元々、我慢できなかったんだから、ひとたまりもなかった。オレは刺激に負けて、南雲の口の中でイッてしまっていた。

他人からこんな刺激を受けたのは初めてだったし、他人の前でイクのも初めてだった。快感の余韻《よいん》がまだ残っている。心臓は激しく動いていて、オレは恐る恐る目を開けた。

すると、南雲がちょうど唇を手で拭っているところだった。

ドキン。

なんだよ。南雲のほうがずっと色っぽいじゃないか。

南雲はオレに笑いかけた。

「気持ちよさそうな顔をしてるよ」

「だ……だって……あんなことされたら……」

「そうだね。誰だって我慢できないよね」

南雲はさらりとそう言うと、オレの太腿《ふともも》を撫でる。

「あ……」

「まだ感じる？　ここを撫でられるのは好き？」

太腿の内側を撫でられて、オレはなんとも言えない気持ちになった。イッたのに、まだ感じるなんて、まだしたいって言ってるのと同じことじゃないか。

あんな恥ずかしいことしたのに。

南雲が指先で足の付け根や腰を撫でる。すると、身体の内側に消えたはずの熱がまた燻《くすぶ》り始めてきたのが判った。

「こんなの……おかしい」

「おかしくても、気持ちいいんだよね？　僕はもっともっと君を気持ちよくさせてあげる」

そんなこと、頼んでない。だけど、オレは南雲を押しやって、身体を起こすことができなかった。

催眠術にでもかかったように、身体が動かせない。いや、オレはまだ南雲とエッチなことの続きをしたいんだ。

もっと感じていたい。もっと、もっと……。

この先は怖いのに、どうしてブレーキが利《き》かないのか不思議だ。ここでやめなきゃいけないのは判っているのに、どうしても深みにはまってしまう。

南雲はオレの両足を押し上げ、内腿に唇を這わせる。南雲だって、このままじゃ納まりがつかないいんだ。

心臓がドキドキする。

ここでやめてほしいのか、それとも続けたいのか……。

自分でも判らない。

「や……やだ……」

オシリにキスをされたとき、小さな声で訴えた。でも、南雲は無視していて、やめる気はないようだった。

南雲の唇がその窪《くぼ》みの部分に触れたとき、オレは身体をビクンと揺らした。

温かな舌がそこを舐めている。

「ダメ……ダメ……」

小さな声しか出ない。胸が圧迫されたように、大きな声がどうしても出なかった。そんなところを舐められたくないと思いながらも、オレは同時にそれを望んでいるような気もする。

だって、泣きたくなるくらい、すごく気持ちいいんだ。

オレは口ではダメって言いながら、心の中では続けることを望んでいた。

南雲は唾液で濡《ぬ》れたそこを、指でそっと撫でた。

「あ……」

「大丈夫だよ。優しくするから」

オレをなだめながら、指をゆっくりとそこに押し当てる。

異物が体内へと徐々に入っていくのを、オレは不思議な思いで受け止めていた。

オレ、こんなことしていいの……？

他人の指がオレの中にある。でも、それが嫌なわけでもない。相手が南雲だからなのかな。嫌な奴だったら、絶対に受け入れられないと思うし。

「ここが君の中……か」

南雲がそろりと指を動かす。途端に、電流のように快感が身体を走っていく。思わず大げさなくらい身体が震えた。

「ごめん。痛かった？」

「あ……そうじゃなくて……」

「逆なんだ？　ここが……君のイイところ？」

南雲はまた同じところを擦るように指を動かした。

「あぁっ……あんっ……」

南雲の指一本で、オレは喘がされている。こんな声、出したくないのに。でも、どうしようもないくらい、身体の奥底から感じてしまう。

「なんで……こんなに……」

「気持ちいいのは嫌？」

嫌じゃないのを知っているくせに、またそんな質問をしてくる。

「だ……って……」

そこだけでイキそうなくらい感じている。オレ、一体何をしてるんだろう。なんで、こんなこと、南雲としてるんだろう。

そんな疑問も頭に浮かぶけど、もう止められないところまで来ている。そして、それは南雲もきっと同じなんだ。

「指……もう一本、入れるけど……いい？」

オレに訊いてるはずなのに、南雲は有無を言わさず、オレの内部を広げていく。

「はぁ……あ……」

「締めつけてるよ。もっと力を抜いて。楽にして」

「そんなこと……言われたって……」

どうやったら力を抜けばいいのかなんて判らない。オレはただ翻弄《ほんろう》されるままだった。

快感と同時にある種の苦しみを感じる。感じすぎて苦しい。でも、一気にイッてしまうほどの快感でもないんだ。

身体はイキたくて仕方ないのに。

もうオレが自分で何をしてるのか判らなくなってきたときに、南雲は指を優しく引き抜いた。

いつの間にか閉じていた目をそっと開ける。

南雲がじっとオレを見つめていた。

オレの身体は熱を帯びたようになって、自分でも恍惚《こうこつ》としているのが判る。このままじゃ、オレはどうしようもない。南雲に決着をつけてもらわないことには、納まりがつかなかった。

「南雲……」

熱い吐息が唇から洩れる。

でも、今、許可なんか求められても、オレは答えようがなかった。オレは南雲にそんな質問をされないように、またゆっくりと目を閉じた。

逃げないことがオレの答えなんだって……。

南雲にも判るよな。

ふと、南雲をこれほどまでに信用していいのかと思った。こんなことまでしたからって、南雲とオレは他人だ。ただの隣人だ。

どんなにオレが心を寄せたとしても、それがそのままの大きさで何か返ってくるわけじゃない。

いや、見返りなんていらない。これは……ただのエッチだ。身体が疼《うず》くからするだけの行為なんだ。

そう、他人に何を求めても仕方ない。肉親だって信用ならないのに、他人を信じるなんて馬鹿だ。

ベルトを外す音、それから衣擦《きぬず》れの音が聞こえる。

南雲が指を入れていた場所に、何か硬いものが当たる。

後悔なんてしないって言い切れない。

でも……今だけでいい。今は南雲に温《ぬく》もりを分けてもらいたい。そうしたら、オレは少しの間だけ幸せになるから。

刺激や快感を求める身体に、求めるだけのものを与えてほしい。

内側へと押し入る感覚に、オレはさらにギュッと目を閉じた。

「少し……我慢して」

痛みを我慢していると、ぐっと奥まで突き入れられる。南雲とオレはそんな場所でつながっていた。

「目を開けて」

できれば目なんか合わせたくない。一体、どんな表情をすればいいんだろう。望んだのは南雲で、それを受け入れたのはオレだけど、とても笑顔にはなれない複雑な心境だった。

「開けてくれないかな」

再びそう言われて、オレは仕方なくそっと目を開ける。

南雲はとても優しい表情をしていた。

なんか……ドキドキしてくる。

オレの全部を包み込んでくれるような優しさが、その顔や目つきに表れているような気がする。

これはただの気のせいかな。それとも……。

「可愛いよ」

「何言ってんだよっ……」

「本気でそう思うから、言ったまでだ」

「南雲って……変な人の上に気障《きざ》だ」

そう言ったら、南雲はおかしそうに笑った。

「そうかな」

「そうだよっ」

「でも、本当に可愛いよ。ずっと僕の傍《そば》に置いておきたいほど」

胸がドキンと鳴った。

いや、そんなの、エッチの最中だから言うだけだ。こんな言葉を信じてどうするんだよ。

「動いていい？」

「えっ……あっ……」

南雲はオレの返事を待たずにそろそろと動き始める。

オレの身体の中の感じる場所が、南雲のもので擦られていく。身体の中を快感が貫いていき、オレは何かすがるものが欲しくて、手を伸ばす。

南雲のシャツをつかむ。南雲はフッと笑うと、オレの手をシャツから外した。そして、ギュッとオレの身体を抱きしめてきた。

お互いの身体が密着して、体温が伝わっていく。

どうしよう……。

身体の快感の他に、オレの胸はどうしようもないくらい温かな感情で満たされている。

こんなの、初めてだった。

オレは恐る恐る南雲の身体に触れる。そうして、南雲の背中に手を回した。

ぐっと胸に迫るものがあった。オレはこの感情の名前を知らない。

「友基のこと、守ってあげるよ」

その言葉が、麻薬のようにオレの気持ちや身体を蕩《とろ》けさせていく。

「本当……？」

そんなの、本当のわけがない。それでも、オレはそう尋ねなくては気が済まなかった。

「本当だ」

南雲は耳元でささやくと、オレの首筋にキスをする。

身体の中を熱い衝動が駆け巡《めぐ》る。

それが今だけの嘘でも、本気でも、同じことだ。オレはめくるめく快感に我を忘れて、南雲にしがみついた。

南雲が動く度《たび》に、オレは身体をビクビク震わせて……。

次第に、頭の中が真っ白になるくらい快感に支配され、全身は甘い痺れに侵《おか》されていった。

「もう……ああっ……」

スピードが速くなる。

オレは耐え切れずに、南雲にしがみついたまま達してしまった。

快感が身体の内部から指先まで突き抜ける。

なんだっていい。少なくとも、南雲の身体は裏切らない。

南雲が遅れて内部で放った熱を、オレの身体は受け止めていた。

余韻の中をさまようオレの脳裏には、ある風景が広がっていた。

家……だ。イギリスの田舎風って外観の、小さな二階建ての家だ。周囲には山々が広がり、家の敷地内には葉がすっかり落ちてしまった落葉樹があった。

傍には南雲がいて、オレの肩をそっと抱く。

これは……なんだろう。夢……？

でも、オレは眠ってないはずだけど。

「大丈夫……かな？」

余韻の中をさまよっていたオレは、南雲に目を覗《のぞ》き込まれて、ハッと我に返った。

「あ……うん。大丈夫」

今のはなんだったんだろう。気持ちよすぎて意識が飛んじゃってたんだろうか。

「よかった。なんかボンヤリしてるから」

ボンヤリしていた主な原因は気持ちよかったからだが、今更、大丈夫かって訊くくらいなら、最初からしなきゃいいのに。

でも、本人が言うように、自分の部屋にオレを連れてきたところで、自制心がなくなっちゃったんだろうな。

考えてみると、オレ相手にそんな気持ちになるなんて、ある意味、凄いと思うわけだけどさ。

南雲はオレの髪を撫でて、頬にキスをした。

「すごく可愛かった。僕にしがみついてきて」

「だって、必死だったんだよ。身体が自分のものじゃなくなったみたいに、勝手にどんどん置いてきぼりにされて……」

「初めてだったんだね？」

「当たり前だろっ。こんな経験、あってたまるか！」

というか、オレはこんな経験をするはずじゃなかった。いきなり男相手に初体験なんて、普通あり得ないだろう。

「キスも初めてだよね？」

「判ってんのに訊くなよっ」

南雲はフフッと笑うと、オレから身体を離した。すると、同時に中からとろりと何かが流れ出してくる。

「なんかさ……めちゃめちゃ恥ずかしい」

「僕は別に恥ずかしくないけど」

「あんたはそうだろうよ！　だけど、オレは恥ずかしいよ。こんな裸みたいな格好しちゃって、いろいろされて……」

「おまけにあんなに感じちゃったからねえ」

まるっきり他人事みたいなことを言う南雲のことが、オレはすごく憎らしく思えた。

「悪かったな！」

南雲はクスッと笑って、後始末を始める。汚れた部分を拭いてもらってるんだけど、なんだか不思議な感じがする。だって、そんなところを誰かに拭いてもらうなんて、考えたこともなかったからだ。

「南雲はさあ、彼女いないって言ってたけど、その……」

「『彼』もいないよ、言っとくけど」

「じゃあ、なんでオレに……？」

南雲は手を止めて、柔らかく微笑みかける。

「君が可愛くて仕方なかったからだ。でも、ちょっと行き過ぎちゃったね。途中で我慢しようと何度も思ったけど、君も続きをしてほしそうにしていたし」

実際、オレの側も止まらなかったんだ。文句を言えた義理ではないかもしれないが、最初にキスなんかされなければ、こんなことにもならなかったような気がする。

いや、それを言ったら、南雲の部屋のことを尋ねたオレが元凶なのかもしれない。訊かなきゃ、部屋に誘われなかったはずだし。

南雲はオレの身体を丁寧《ていねい》に拭くと、絨毯《じゅうたん》の上に放り出されていたオレの服や下着を取ってくれた。

オレはぎこちなく身体を起こして、それを身につける。

「風呂に入るよね？　お湯を入れてあげるから」

「えっ、オレは自分の部屋に帰ってからでいいよ」

「……もう帰るの？」

南雲に目を覗き込まれて、ドキッとする。

オレと南雲の間に、すごく特別なものを感じて……。

考えたら、初めてオレはこんな経験をした。キスをして、エッチして……。だったら、オレはもっと南雲と一緒にいたい。

「帰らなくて……いい？」

遠慮がちに尋ねると、目の前で南雲は優しく笑う。

「いいよ。今日はずっと……」

南雲はオレの肩を抱き寄せると、静かに唇を重ねた。


目が覚めると、オレは一人じゃなかった。というか、オレのベッドじゃないし。もちろん、オレの部屋でもない。

リビングと同じようにシンプルな寝室には、ベッドとサイドテーブル、それから小さめのライティングデスクがあるくらいだった。

でも、ベッドは大きくて、こうして男二人で寝ていても、そんなに狭《せま》いとは感じない。

オレはとうとう昨夜は自分の部屋に戻らなかった。すぐ隣の部屋なんだけど、一人きりの部屋に戻るのがつらくて、南雲のベッドに潜り込んだ。

オレは下着の上に、南雲のシャツを借りて着ている。南雲はパジャマを着ているけど、オレの身体をまるで宝物みたいに抱いていた。

南雲とこんなふうにベッドでくっついてるなんて、不思議だな。というか、キスやエッチまでしちゃったし。

何もかもがもう昨日の朝と違う。オレは誕生日が来たのと一緒に、少し大人になったような気分だった。

南雲はうっすらと目を開けた。

「おはよう……」

オレはちょっと照れながら声をかけた。

なんだか新婚生活みたいだ。男同士でそんなことを想像するのが間違ってるかな。でも、初めてのエッチの翌朝だって思うと、妙にそんな気分になってくる。

南雲はハッと目を見開くと、いきなり起き上がった。

「どうしたんだ？」

「あ……いや、夢じゃなかったんだなって思って」

その驚き方だと、オレとエッチしたことが夢だったらよかったのに……ってふうに思えてくる。

昨夜はあんなに優しかったのに……。

でも、オレは男だし、昨夜のことが何かの間違いだったって気もする。

ウキウキした気分が急にしぼんでくるのを感じた。

「あ、そうじゃないよ。君とのことを後悔しているわけじゃない」

「言い訳しなくていいよ。オレは別に……」

そうだよ。別にオレと南雲はただなんとなく成り行きでエッチしただけじゃないか。新婚生活みたいなものを想像したオレが馬鹿なんだ。

「言い訳じゃなくて……あれは夢だったんだっていう虚《むな》しい夢を見ていたんだ」

そんなややこしいことを言われても、やっぱり言い訳にしか聞こえない。目を開けたときの南雲の表情は、どう見たって、しまったって感じだったからだ。

「そりゃ、オレは男だし……」

「違うよ。なんていうか……君の年齢を考えるとね。でも、どうしても止められなかったんだから、仕方ないよね」

「無理しなくてもいいんだけど」

南雲はふっと笑うと、オレの肩を抱き寄せた。

「君こそ無理してるくせに」

「オレは全然無理してない！」

オレは南雲の手を振り払おうとして、逆にきつく抱きしめられる。

ドキン。

オレはもう、この温もりに慣れてしまっていた。一晩過ごしたこの腕の中から自力では抜け出せない。

「オレ……こんなの嫌だ」

「何が嫌なの？」

「オレがオレじゃなくなる。どんどん、あんたと一緒じゃないと怖くなってくる」

南雲はオレの耳元でささやいた。

「昨日……君を守るって言ったよね？」

「うん……聞いた」

ずっと前からオレを守るって、南雲は言っていた。けれども、昨夜の守るという言葉は、いつもと違う意味の言葉であるような気がしたんだ。

「だから、君は僕の傍にいていいんだ。ただ、こんなに早く手を出したのが、計算外だっただけで」

ということは、いずれ手を出すつもりではいたんだろうか。

「南雲はやっぱり変な人だ」

「君を可愛いと思っているのに？」

「そこが変なんだよっ」

南雲は笑いながら、軽く唇にキスをした。そして、オレの身体を離す。

ちょっと物足りない気もしたが、朝っぱらから、こんなことをやってる場合でもないか。

「さあ、支度をしようか。君は自分の部屋に戻って」

「あ……うん」

一人きりの部屋に戻ることを考えたら、少し憂鬱《ゆううつ》になる。いつも毎日過ごしている部屋だけど、南雲とまだ一緒にいたいと思ってしまう。

「僕も支度したら、君の部屋に行くよ。まだ御飯を食べる時間はあるみたいだから」

「そうだね！」

だったら、それはいつもと同じ朝だ。南雲と御飯を食べて、南雲が運転する車で、学校に行く。そして、学校が終わったら、また南雲と一緒にいられるんだ。

オレはそそくさと服を着て、部屋に戻った。

でも……。

オレはふと不安になった。

大丈夫なのかな。オレはこんなに南雲のことを信用しちゃって。

南雲はオレを裏切らないなんて保証はどこにもない。相手に依存《いぞん》したら、オレはダメになる。もし南雲がオレから離れていったら、立ち上がれない。

それが判っていても、今のオレは南雲への気持ちを抑えることができなくなっていた。

今は……今だけはこの感情に浸っていたい。

いずれは終わる関係でも。

どうか、今だけは……。

祈るような気持ちで、オレは学校に行く支度を始めた。

学校から戻ってきても、南雲はオレに必要以上、近づかなかった。まるで接触するのを避けているみたいだ。いや、南雲の態度は前と変わらない。相変わらず、人懐こくて、オレのことをじっと見つめてきたりする。だけど、その先がなくて……。

昨夜エッチしたから、今日も……って思ってるわけじゃない。でも、そんなふうに露骨《ろこつ》に避けられると、やっぱり悲しくなってくる。

オレの気持ちは南雲に傾いている。エッチなんかしなくていいから、オレはもっと接触して優しくしてほしかった。髪を撫でられたり、抱きしめられたりしたい。そんなふうに思うこと自体が間違ってるんだろうか。

オレはもう、何が正しいのか判らなくなっていた。

男同士でどうこうってことを越えて、オレは南雲に対して、普通の人間関係以上のものを求めてしまっている。

こんなのはよくない。それは判ってる。だけど、どうしても自分の気持ちをコントロールできなかった。

胸がすごく苦しい……。

いや、きっと苦しいのは南雲のほうだ。たった一度、ちょっと手を出したからって、こんなに執着されちゃたまらないだろう。南雲にとっては、オレはただの隣人だ。オレのほうが、たぶん異常なんだ。

それを薄々《うすうす》気づいていたから、オレは誰とも深い人間関係を結んでこなかった。信頼を寄せた相手がオレの前から去っていくのが、何より怖かったからだ。

オレは……どうなるんだろう。

南雲と今までのように、よき隣人としての関係を続ければいいのか。

でも……。

「友基、そんなに思いつめないで」

オレは食事が終わった後も、ずっとテーブルの向かい側に座る南雲を見つめ続けていた。それに気がついて、視線を逸らす。

「ごめん……」

「いや、いいんだよ。でも、君はそんなに深刻にならなくていいんだ」

オレはただ、首を振った。南雲の言う意味が判らなかったんだ。

「僕は君が何をどう思っているのか、だいたい判る」

「本当に判る？」

オレの迷いや苦しみや、いろんなことが判るんだろうか。オレには、南雲の言ってることが本当なのか、見当もつかないのに。

「ごめんね。僕が昨日あんなことをしなけりゃ、君はそんなに心を悩まさずに済んだのに」

「だって……あれは……」

「僕が君を避けてるんじゃないかって、君は疑ってるよね？　それはある意味では正解だ」

胸がズキンと痛んだ。

じゃあ、やっぱりオレを避けてたんだ……。朝あんなにごまかしていたけど、本当はオレにエッチなんかしなけりゃよかったって思ってたんだな。

「言っておくけど、欲望のままに君を抱くのは簡単だよ？　でも、それじゃ、君の生活を無茶苦茶にしてしまう」

「オレの生活……？」

「そう。君はお父さんとの約束を守らなくちゃいけないんだろう？　それが一人暮らしの条件だって君は言ってた」

「うん……。そうだ」

「昨夜は君があまりに可愛くて、部屋にも戻さなかった。でも、そんなことを続けていたら、どうなるんだろう。成績だって落ちてしまう。生活自体が乱れてしまうかもしれない。それは絶対によくない」

確かに、南雲の言うとおりだ。きちんと生活をして、学校の勉強もちゃんとやるから、オレは一人暮らしを許された。なのに、また昨日みたいなことになったら、オレは南雲とずっと一緒にいたくなる。今でさえ、南雲の言動ひとつひとつが気になって、他のことに考えが及ばなくなっているのに。

でも、成績が下がれば、オレは一人暮らしを許されなくなる。南雲と隣人ではいられなくなるんだ。

それは困る……。

「だからね。僕はじっと我慢しているんだ。君に過剰に触れると、突っ走ってしまいそうになる。それを抑えるには、今までどおりの生活をしていくしかないって」

「じゃあ……オレのこと、嫌になったとかじゃなくて？」

南雲は優しい目をしてうなずいた。

「嫌なら、今、ここにこうしていることもないよ。というか、君を大事にしたいから、我慢してるんだけど？」

「我慢……してるんだ……」

そんなふうに言われると、照れてくる。今まで大事にしたいなんて言ってもらったことはないからだ。

「そう。まあ、たまに暴走してしまうかもしれないけど、そのときはごめんね」

暴走っていうのは、昨夜みたいな状態を言うのかな。落ち着いた大人である南雲が、そんな言葉を遣うのは、面白かった。

「うん、判った。オレ、こんなこと初めてで、自分でもどうしたらいいのかよく判らないんだ。距離の取り方が判らないっていうか……」

「不安になるんだよね？」

「それに、なんで南雲とこんなことになっちゃったのかって思うし。……あ、別に南雲のことが嫌いだったわけじゃないよ」

あわてて付け加えると、南雲はちょっと笑った。

「僕はけっこう前から、君のことが気になって仕方なかった。可愛いとは思っていたけど、まさか自分の自制心がそんなに脆《もろ》いものとは思わずに……」

自分の部屋にオレを連れてきた時点で、暴走しちゃったのか。

何度考えても、やっぱりこうなっちゃったのは不思議だ。でも、南雲がただの変人で、オレのボディーガードをしてるというより、こうして大事に思ってくれる気持ちがあるから、この半共同生活みたいなのを続けてくれてるって思うほうが、ずっと納得できる。

南雲はオレに向かって手を差し出した。

「えっ、何？」

「手を出して」

言われるままに手を出すと、握手をされる。

「今日はこのくらいで我慢しておくよ」

「変だよ……南雲は」

ここでどうして握手が出てくるんだろう。しかも、座ったままテーブル越しに握手って、あまり見ない光景だ。

でも、南雲の手は温かだった。そして、オレの気持ちを盛り上げてくれる。

オレ……南雲のこと、好きになってるのかもしれない。

それが恋愛感情かって言われると、よく判らない。オレは今まで恋愛なんかしたことがないからだ。

身体の関係が先で、感情が後からついてくることってあるのかな。

なんにしても、オレは南雲といると、胸がドキドキしてくる。南雲の言動ひとつひとつが気になってくる。

そして南雲の笑顔を見ると、頭の中がふわふわとしてくる。

こんな気持ちは初めてだった。


夜中、オレは夢うつつのまま目が覚めた。

「友基……起きて」

南雲の声……？

今日は自分の部屋で寝たし、南雲が傍にいるわけがない。でも、今のは南雲の声だったように思える。

疑問に思いながら目を開けると、確かに南雲がベッドの傍にいる。

でも、どうして……？

南雲が帰った後、確かに鍵をかけたはずだ。あ、でも、チェーンをかけるのは忘れていたような気もする。それにしたって、合鍵も持っていない南雲がこんなところにいるわけがなかった。

「夢……かな」

そうだ。夢だ。

オレはそう判断して、再び目を閉じた。

「こら、寝ちゃダメだよ」

頬を掌《てのひら》で軽く叩かれて、オレはまた目を開ける。

「どうして南雲がいるんだ……？」

「まあ、詳しいことは後で説明するけど、ここは危険なんだ。僕の部屋に移動するよ」

南雲は有無を言わさず、布団を剝《は》ぐと、オレを抱き上げた。

「えっ……」

オレははっきりと目が覚めた。

「ちょっと待てよ！　これって……」

「静かに」

南雲は声を抑えてオレに注意をした。よく判らないが、とにかく、何か危険なことがあるらしい。

「……判った。でも、もうちゃんと歩けるから」

そう言ったら、南雲は下ろしてくれた。言われたとおりに隣の部屋に移動するために、パジャマに靴を履くという変な格好で外に出た。

南雲はオレの部屋に鍵をかける。……って、その鍵、どうしたんだろう。

疑問に思ったものの、南雲が緊迫した様子でいるから、オレはうかつに声が出せなかった。

隣の部屋に入り、南雲は鍵をかけ、チェーンを下ろす。だけど、昨夜ここに来たときとは違い、甘い雰囲気なんかカケラもない。

何があったんだろう。オレの部屋が危険って一体……。

南雲は部屋の明かりもつけなかった。元からついていた薄明かりだけの暗い部屋だ。

「驚いたかもしれないけど、大声は出さないでね」

「うん……判った」

「とりあえず、ここは無事だと思うけど、寒いからクローゼットを開けて、上から僕のコートを羽織っていて」

オレに指示をする南雲は、玄関からじっと動かない。というか、ドアに耳を当てていて、外の様子を窺《うかが》っていた。

オレは言われたとおりに、南雲の寝室にあるクローゼットからコートを取り出し、パジャマの上に羽織った。

南雲のほうはこんな時間なのに、スーツを着ている。オレはそっと南雲の傍へと近寄った。

「君はソファに座っててていいよ」

「そんなわけにはいかないよ。一体、何が起こるのか、説明してもらわないと」

南雲は口を開こうとして、黙った。そして、オレに向かって、人差し指を唇に立てる。

オレも一緒になってドアに耳を当てる。すると、誰かの静かな足音が聞こえてきた。しかも、一人じゃないみたいだ。二、三人……かな。

隣のドア……つまり、オレの部屋のドアをいじっているみたいな音がする。つまり、こじ開けようとしているってことだ。

オレは背筋がゾッとした。

前に、オレを車に連れ込もうとしていた奴らなのかな。まだ諦めてなかったのか……。南雲が起こして部屋に連れてきてくれなかったら、オレはあいつらに寝込みを襲われて、連れて行かれていたかもしれない。

よかった……。

と思ったが、どうして南雲は事前にオレの部屋が襲われるって知ってたんだろうか。

オレはそっと南雲の顔を見た。南雲は厳しい表情をしていて、何か考えているようで、オレのほうなんか見てもいない。

もしかして……。

南雲は善意の第三者なんかじゃなかった……？

だって、南雲は警備会社を経営してるって言った。どれほどの規模の会社なのか知らないけど、朝と夕方はオレと一緒にずっと行動していた。そして、オレが襲われたときにちょうど現れ、助けてくれた。しかも、偶然、オレの隣人で……。

もし、それが偶然じゃなかったとしたら、どうだろう。南雲は最初からオレをひそかにガードしていたのかもしれない。

誰かに頼まれて。

それが誰かって……。

物音がして、ドアが開く音も聞こえた。

オレの部屋に誰かが侵入してきたんだ。

南雲は無言のままリビングに入ると、小型のラジオみたいなものを引き出しから取り出した。それにはイヤホンと聴診器の付属品みたいなものがついている。

「それ、何？」

「コンクリート・マイクだ。隣の部屋が盗聴できる」

平然とした顔で南雲はそう言うと、イヤホンを耳につける。そして、オレの部屋との壁に聴診器みたいにそれを当てた。

まさかと思うが、南雲はオレの部屋を盗聴していたんだろうか。そうでなくても、どうしてこんなものを持ってるんだ。

オレは呆然としながら、南雲を見ていた。

オレの身体は南雲のコートによって温められていたが、手足の先はどんどん冷えていく。

南雲のことを全面的に信用していたわけじゃない。だけど、オレのことを大事にしたいって言ってくれた。たくさんいろんなことを気遣ってくれた。守るって言ってくれた言葉を、オレは信じたいと思っていたんだ。

だけど……。

南雲を信頼する気持ちが今はぐらついている。だって、南雲がオレを守っていたのは、仕事上のことだったのかもしれないと思うから。

そうでなければ、何故、南雲はこんな盗聴できる機械を用意してるのか判らない。まさか、盗聴が趣味ってわけじゃないだろうし。

南雲はしばらくの間、盗聴していたが、やがてイヤホンを耳から外した。

「君といつも一緒にいた僕が、隣の部屋の住人だとは気づいてないようだ。とりあえず、彼らは諦めて出ていったようだけど、今夜は僕のベッドで寝るといい。日が昇ったら、向こうも動きにくいだろうから、その間に安全なところに移動しよう」

南雲はオレの戸惑いを無視して、淡々《たんたん》と喋った。

「説明……してくれよ。どういうことなんだ？」

「どういうことって？」

南雲はしらばっくれるつもりなのか。オレのこと、ほんの子供くらいに思っていて、上手く騙せると思ってるのかもしれない。

実際、オレは南雲と偶然会ったんだって、思い込んでいたくらいだから。

考えたら、妙な人懐こさには理由があったんだ。オレと接触して、ずっと一緒にいれば、ひそかにガードするより、ずっと楽じゃないか。

「父さんに頼まれたんだろう？　オレを見張れって」

南雲は肯定も否定もしない。つまり、それが真実だったたってことだ。

オレはギュッと拳を握り込む。

今まで騙していたなんて……許せない。殴ってやりたいが、ここで殴ったところでどうなるだろう。こいつを信用したオレが馬鹿だったんだよ。

考えたら、最初から胡散《うさん》くさい奴だったじゃないか。

「とにかく、今日はもう寝なさい。後のことは……」

「あいつらはなんなんだよ？　父さんのところに脅迫状でも来ていたのか？」

わざわざボディーガードを雇ったってことは、何か理由があるはずだ。いくらなんだって、普通、オレが一人暮らししたからって、誘拐犯に狙われるとは思わないだろう。

「それは僕の口からは言えない。君のお父さんが話すべきことだ」

守秘義務があるってことか。

結局、オレと南雲の間には、なんにもなかったんだ。いや、南雲の側になかったってことだ。オレは南雲に対して、いろんな感情があった。友達として……といったら、年が違いすぎるけど、友情みたいなものがあって、オレは毎日、南雲と一緒にいて楽しかった。

そして、昨夜、あんなことを……。

南雲は何故あんなことをしたんだろう。あれがなければ、オレはもっと普通の気持ちでいられたのに。

南雲に依存しそうになることもなかったのに。

馬鹿だ、オレ。南雲に笑いかけられるだけでドキドキしていて……。

身体から力が抜けていくようだった。

もう……何もかも終わりだ。

大げさかもしれないけど、オレにとっては終わりに等しいことだった。南雲の気持ちを、オレは好意だと思っていたからこそ、信頼を寄せることができた。だけど、南雲はそんなオレの気持ちを利用したんだ。

「父さんの手先だったなんて……！」

「そうじゃない。……と言っても、今は判ってもらえないみたいだね」

南雲はオレに近づいてきて、肩に手をかけた。だけど、オレはその手を打ち払う。

昨日のことが頭の中をぐるぐると回る。

南雲がオレの肩を抱いて……キスしてきて……。

昼の熱さ、柔らかい舌の感触が、甦ってきて、オレはそれを振り払うように首を振った。

「……あんたなんか嫌いだ」

南雲はオレの言葉に溜息をついた。

「とにかく、ベッドで寝て。僕は打ち合わせがあるからまだ寝られない」

「父さんと？」

「それもあるけど、寝ずに外で番をしてくれてる仲間にも連絡しないとね」

つまり、怪しい男達がマンションに侵入するのを、外で見張っていた人間が気づいて、南雲に連絡したのか。

セキュリティ万全のマンションだっていう触れ込みだったのにな。でも、入ろうと思えば、どんな方法でだって入れるのかも。実際、隣の部屋は鍵をかけたのに、入ってこられたわけだし。

なんにしても、南雲の正体が判った以上、オレはこいつに笑顔のひとつも見せる義理はない。すべて、計算の上だったんだろうから。

オレはコートを脱ぎ、南雲に渡した。そして、無言で寝室に向かう。

「おやすみ、友基」

後ろから声をかけられたけど、オレは無視をした。ベッドを見ると、昨日のことが鮮やかに思い出される。オレは今朝、ここで幸せな気分で目覚めたのに、今はとっても惨《みじ》めだ。

ベッドに潜り込むと、南雲の匂いがする。

南雲に抱きしめられたときと同じの……。

涙が出てきて、どうしようもなかった。


目が覚めたら、オレは大きなベッドに一人きりだった。

端のほうに寝ていたのに、南雲がオレの横で寝た気配はなかった。もちろん、昨日みたいな目覚めを期待していたわけじゃない。どちらかというと、いなくてよかったって思うくらいだ。

だけど、南雲は昨日寝なかったんだろうか……。

上半身を起こしたとき、ちょうど寝室のドアが開いた。南雲と目が合い、オレは視線を逸らす。

「おはよう。よく眠れた？」

「……まあね」

本当はなかなか眠れなかった。自分の部屋に変な男達が乱入したのもショックだったし、それ以上に、南雲が裏切り者だったことが堪《こた》えた。

でも、眠れなかったって言ったら、オレが南雲に心を寄せていたことを認めるようで嫌だった。オレはなるべく平気だってふりをしたかったんだ。

すごくつまらないプライドだけど、これを守らないと自分が壊れてしまいそうだった。

「眠れたならいいけど。すぐに出発するから用意をして」

「えっ、用意って言われても」

オレはパジャマのままでここに来ていた。

「部屋に戻ってもいい？」

「それは危険だから……。盗聴器をつけられてることも考えられるし」

南雲は手にしていた紙袋をオレに渡した。

紙袋を開けて、中のものを取り出すと、どう見ても女の子の服が出てきた。しかも、どこかの学校の制服みたいだ。ブレザーに短いスカート、それからハイソックス。カツラも出てきて、オレはなんとも言えない気分になってきた。

オレが真面目に悩んでるのに、これはないだろう。

「オレに仮装しろって言うのか？」

「いや、変装だ。とにかく早く着替えて。今のうちに出発しないと、逃げられないかも」

そう言われたら、着替えるしかないじゃないか。

でも、女の子の服に着替えろだなんて、もう嫌がらせみたいなものだ。オレが昨日、あんな態度を取ったことを、南雲は意外と根に持っているのかもしれなかった。

だいたい、なんでこんな服、南雲が持ってるんだ！

まさか南雲に女装の趣味があるってわけじゃないだろうし……。まあ、サイズが全然違うから、それはセーフか。

オレは泣きたい気持ちになりながら、その服を身につけた。

「うん、いいよ」

南雲はオレを見て、満足そうに笑った。

「笑うなよっ」

「別に馬鹿にして笑ってるわけじゃないから。君は小柄だから、すごく似合ってるよ」

女装が似合ってるって言うことが、すでに馬鹿にしてるじゃないか。なんだか腹立つなあ。

南雲はオレに女の子用っぽいコートを渡した。

「ちょっと寒いところに行くからね」

「えっ、どこに行くんだよ？」

まさか北海道とか言わないだろうな。

オレはコートに袖を通した。すると南雲が近づいてきて、コートの中に入ってしまったロングヘアを襟から出す。

「少しでも、女の子っぽくしないとね」

「なんか、スカートの下が寒いんだけど」

「それは仕方ないよ。女の子なんだから」

南雲が用意した靴は、やっぱり女の子用だ。よくオレのサイズに合わせて揃《そろ》えたな。感心するものの、なんで女の子なんだって思う。変装だっていろいろあるだろうに。

「さあ、行こう」

南雲は用心しながらドアを開けた。マンションの外には見張りの人がいるだろうけど、念のためってことかな。

オレもなんとなく通路に出て、左右を確認してしまった。

南雲はドアに鍵をかける。そういえば、南雲はオレの部屋の合鍵を持っていたな。あれは、父さんの鍵から作ったものだったのかな。

今更ながら、最初から仕組まれていたんだなって思う。

「さ、急ごう」

南雲はオレの背中に手をやり、まるで援交カップルみたいにオレを急がせる。いや、オレの格好が本物の女子高生に見えればの話だけど。

幸い駐車場まで、誰とも会わなかった。ホッとしていると、南雲は違う車のドアを開けた。

「えっ、どこの車だよ？」

「うちの会社の車だ。たぶん君を送り迎えしていた車はチェック済みだと思うからね。もう一台分、駐車スペースを借りていたんだ。はい、君は助手席に乗って」

言われたとおりに南雲の横に座る。

「なるべくうつむいて。そう。女の子に見えるから大丈夫だと思うけど」

これじゃ、本当に援交くさいぞ。いいのか、これで。

南雲はサングラスをかけると、エンジンキーを回した。

「なあ……オレ、学校は？」

「うーん、しばらくお休みかな。大丈夫。君のお父さんが学校に連絡するらしいから」

保護者と通じてるって、本当に腹が立つ。いや、今はそんなことを言ってる場合じゃないのか。

少なくとも、部屋に乱入してくる危険な男達がいるわけだから。

車はマンションの敷地内を出て、オレの知らないどこかへと走り出した。


オレは延々とドライブする羽目になった。

途中でドライブインに寄ったものの、こんな格好で外に出られるはずもない。朝食代わりに、オレは南雲が買ってきてくれたハンバーガーを食べた。

そうして着いたのは、山中にある、どこかの別荘だった。

イギリスの田舎風の……って、前にもこの家を見たことあったような……。

こんな別荘地に来たこともないし、気のせいかな。似たような建物をどこかで見たことがあるだけかもしれない。

「確かに寒いな……」

オレはブルブルッと身体を震わせた。

「寒い？」

南雲はオレの肩をふわりと抱き寄せた。

「なんだよ、オレにくっつくな！」

なんで当たり前みたいに、オレの肩を抱くんだろう。オレと南雲はもうそんな関係じゃないのにさ。

「だって、寒いんだろう？」

「そうだけど……」

寒いから、くっつくなと口で言っても、手を振り払えない。こんな奴でもくっついていればあったかいし。それに、とにかく足元が冷える。

「とにかく、中に入ろうか」

南雲はオレの肩を抱きながら、先へと進む。オレは仕方なくそれについていった。

安全な場所って、別荘か……。って、やっぱりこれは父さんの別荘なんだろうな。オレは父さんがどんな不動産を持ってるかさえ知らないけど。

中に入ると、綺麗にしてあったが、寒々としていた。リビングが広い上に、家具が少ないんだ。

「少し待って。暖炉に火をつけるから」

「え、この暖炉、使えるんだ？」

暖炉なんてめずらしい。オレはキャンプでもしている気分になって、ウキウキしてしまった。

もちろん、そんな場合でもないことは判っていたけど。

南雲は器用に暖炉に火をつけ、薪《たきぎ》をくべた。

「あったかい……」

一気にクリスマスの気分だ。オレは暖炉の前の絨毯《じゅうたん》に座り込んだ。

それを見て、南雲はクスッと笑う。子供っぽいと思われたんだろうか。だけど、それでもいい。火の暖かさがオレを癒《いや》していくようだった。

「腹が減っただろう？　何か作ってあげようね」

「そんなことより、オレ、これからどうなるんだよ？　ずっと学校に行かずに、ここで暮らせって言うのか？」

「そういうわけじゃないよ。しばらくっていうのは、すべてが解決したらね。それもまた、君のお父さんが説明してくれる」

「じゃ、父さんに訊いてみる」

ポケットに手を突っ込んで携帯を探そうとして、オレは自分の携帯を部屋に置いてきたことを思い出した。

「電話、貸して」

「連絡しなくても、本人が来るよ。もう少ししたらね」

オレはサッと顔が強張《こわば》った。

父さんは苦手だ。頑固で人の意見なんか滅多《めった》に聞かないし、いつも頭ごなしにものを言う。一人暮らしをするときでも、本当に揉《も》めたんだ。

でも、会わないわけにはいかないだろう。それに、自分の身に起こったことを知りたかった。

「判った……。でも、この格好、どうにかならない？」

「ああ、服は僕の部下が持ってきてくれる。君のお父さんを車に乗せてね」

じゃあ、こんなとんでもない格好のまま、父さんと会わなきゃいけないのか。

なんだか本当に情けない気分だった。

「ま、とにかく食事を作るから。腹ごしらえをすると、気持ちも軽くなるよ」

南雲はオレと父さんとの確執《かくしつ》みたいなものを知っているのかもしれない。ガードする相手の情報くらい入手してるよな。

今までオレはそんな可能性、考えたこともなかった。誕生日だって、オレに会う前からデータとして知っていたかもしれないし、今思えば、オレの生い立ちを知っているからこそ……の言動もあったかもしれない。

オレはそれにまんまと騙されて、信じ切っていたんだ。

本当に馬鹿だったんだな……。

南雲がキッチンで冷蔵庫を開いている。中には食材がぎっしり詰まっていて、前もって誰かが用意していたものだろう。あの詰まり具合からして、二、三日っていう食材じゃないように見えた。

ということは、本当にしばらくオレはここで暮らすことになるんだろうか。

学校にも行かずに……？

オレを誘拐しようとしている犯人がさっさと捕まってくれればいいのに。

そうしたら、オレは元の生活に戻れる。南雲なんかにガードされなくてもいいんだ。まあ、どっちみち、南雲もこうして正体を現した以上、この一件が解決したら、オレから離れるだろう。

守るって言ってたけど……。

それは誘拐犯からの話だし。

オレがこんなに落ち込んでるのに、南雲は平気そうな顔をしているのが、また腹が立つ。何が腹ごしらえをしたら気持ちが軽くなる、だよ。なんか呑気すぎるぞ。

しかも、こんな格好させやがってさ。

オレはカツラをむしり取ろうとして、やめた。首から上はいつもの自分の姿なのに、その下は女子高生の制服姿だなんて。オレにそういう趣味があるみたいじゃないか。だったら、いっそ上から下まで仮装してるって思ったほうがマシだ。

南雲はキッチンで何か料理を作っている。いつもだったら、オレが作ってるけど、今日は何もしない。リビングのソファにドカッと座って、テレビをつけた。

ちょうどテレビも退屈な番組しかやってなくて、つまらない。こんなところで何日も過ごしていたら、変になりそうだった。

しばらくして、南雲に呼ばれたから、キッチンのほうに行ってみたら、テーブルの上にオムレツがあった。

なんか……旨《うま》そう。

そういえば、ハンバーガーしか食べてないし、腹も空いている。南雲に対してはいろいろ思うこともあるが、ここは素直に食べよう。腹が減ってちゃ、父さんと喧嘩もできない。いや、喧嘩になるかどうかは判らないけど、それくらいの腹積もりをして対峙《たいじ》しないと、絶対オレは言い包《くる》められてしまう。

父さんは……オレにとっての最大の敵だよな。

本当につくづくそう思う。

いつもオレの前に立ちはだかっていて、オレがやろうとしていることを邪魔したり、いろんな意見を言って気をそいだり……そういうのが得意なんだ、きっと。

とにかく、オレは南雲が作ったオムレツを腹いっぱい食べた。ふと、顔を上げると、南雲はじっとオレの顔を見つめていた。

それが妙に慈愛に満ちたような眼差しだったから、ドキッとする。

なんでそんな目で見るんだよ。オレのことなんか、どうせ騙されやすい奴くらいにしか思ってないだろうに。

「なんだか、いつもと反対みたいだね。僕が作ってあげて、君にご馳走して……」

朝食の場合は、よく南雲が作ってくれた。けれども、そんなに手の込んだ料理ってわけじゃなかったからね。

「どうせ、オレに飯を食わせてなだめるのも、仕事のひとつなんだろ？」

オレは騙されないぞという気構えで、ツンとしてそう言ってやった。

「まあ、確かにね。君を手懐《てなず》ける必要はあるから……。それは否定しないよ」

自分で言ったことなのに、それを認められると、心が痛む。それじゃ、オレは南雲にどういう態度を取ってほしいんだろう。きっと、冷たくされたら、それはそれで悲しくなってくるに違いないのに。

「でもね、それだけじゃないってことくらい、君にも判るだろう？」

オレは黙り込んだ。

本当は『判らない』って言ってやりたい。けど、自分の気持ちが本当はどうなのか、もうその点が自分でも判らなくなっていたんだ。

南雲が考えてることがなんなのか見えない今、南雲のことをどんなふうに思っていいのかも判らなかった。

「オレは……すごくつらい」

「友基……」

南雲が立ち上がりかけたとき、外で車の音が聞こえた。

敷地内に車が入ってきた音で、それはきっと父さんが来たってことだ。南雲は今までのやり取りがなかったかのように、落ち着いた態度でテーブルの上を片付け始めた。

父さんか……。

最後に会ったのは、もうずいぶん前だ。一年前……いや、もっとだ。

父さんはオレになんと説明するんだろう。そして、オレをどうするつもりなのか。とにかく、話さないと始まらない。

オレはギュッと唇を噛んで、気を引き締めた。


父さんはオレの格好を上から下までじろじろ見たが、何も言わなかった。いっそ何か言ってくれたら、オレも救われるのに。

でも、これが変装だって、父さんも知ってるよな。そうでなきゃ、救われないよ。

なんとか先に着替えさせてくれと頼み込んで、オレはようやく南雲の部下が持ってきてくれた、まともな服を着ることができた。

そうして、オレと父さんはソファに座り、テーブルを挟《はさ》んで向かい合った。南雲はオレが座るソファの横に立っている。

このソファは、父さん所有の別荘にふさわしい豪華なものだった。まあ、オレの部屋の家具だって、全部、父さんが部下に指示して揃えさせたものだけど、部屋に合わせて、ごく普通の家具ばかりだ。

父さんは国枝コンツェルンの会長で、系列会社を一気に束《たば》ねている。それだけにいつも厳しい顔つきをしていて、オレに対しても一欠けらの愛情もないように見えた。

表情だって、ほとんど変わらない。冷徹な雰囲気で、家に帰ってもやっぱり同じ顔をしてるんだろうか。リタイアして田舎で暮らしているじいちゃんやばあちゃんは、いつもほがらかなのに。

オレが小さい頃は、こんな顔していながら、おもちゃなんかお土産に買ってきたのにな。今から考えたら、嘘みたいだ。

「おまえはしばらくここで暮らせ」

父さんは、いつもこんなふうに上からものを言うんだ。オレの気持ちなんかお構いなしで。

「しばらくって、いつまでだよ?」

「この件が解決するまでだ。後は好きにすればいい」

父さんは突き放すみたいに言った。だけど、それだけじゃ、南雲が喋ったことと同じじゃないか。

「『この件』とやらがなんなのか、教えてくれよ。そのために、あんた、ここに来たんだろう？」

そうじゃなきゃ、南雲に命令してそれで終わりだったはずだから。

父さんは目を細めて、オレを見つめた。

「……おまえは母親がいなくなったときのことを、覚えているか？」

いきなり話が飛んだ。なんで今更、そんな話を蒸し返さなきゃいけないんだろう。

「そりゃ、覚えてるさ。目が覚めたら一人ぼっちで、どこを探してもいなくてさ。すぐ帰ってくるだろうと思っていたけど、時間は経《た》つばかり。どうしようもなくて泣いていたら、あんたが来て、怖い顔で『泣くな』と言ったんだ」

オレはまだ幼児だったんだ。母親がいなくなったら心細くて泣くだろう。それを一言『泣くな』ってさ。あんまり怖くて、涙も止まったよ。

それから、オレは『母さんは戻ってこない』と言われて、田舎に連れていかれた。そこに向かう途中、父さんが優しい言葉のひとつもかけてくれなかったことを、オレは今でも覚えている。

それまでの父さんがどういう人だったか、オレはあまり覚えてない。だけど、その印象が強烈で、たまに顔を合わせても、懐《なつ》くことができなくなった。幸いじいちゃんもばあちゃんもオレを可愛がってくれたから、淋しい思いはせずに済んだけどね。

まったく、あの優しい二人の子供がこの人だなんて、信じられないくらいだ。

「あの日、私はおまえの母親から電話で起こされた。一方的に電話で『何もかも嫌になったから、家に戻る。友基は置いていく』と」

「家に戻る……？　母さんは実家に戻ったっていうのか？」

二人は夫婦ではなかったけど、夫婦喧嘩のようなものをして実家に帰ったってことなのか。だけど、どうして父さんは母さんを追いかけていかなかったんだろう。

結婚してなかったから……？　自分には本当の家庭があったから？

「おまえの母親の家は神子村というところにある。いや、今は町になっているらしいが。昔からそこには預言をする巫女《みこ》がいて……おまえの母親はその血筋だった」

「預言って……占いみたいなもの？」

母さんがその血筋ってことは、オレもその血筋ってことかな。いや、オレは預言なんかしないけどさ。

「巫女は代々、その家系の女性がなり、預言をしては村を助けていた。そのために、村の財産として、そこの有力者に保護されていた。だが、現代になり、様子が変わってきた。

有力者の金儲けの道具にされて……次の巫女候補であったおまえの母親はその村から逃げ出したんだ。私は偶然出会った彼女の身の上を聞いて、最初は親切心から面倒を見た」

そんなこと、初めて聞いた。もちろん母さんがいた頃は幼児だったし、誰もそんなこと教えるはずもなかっただろうけど、大きくなってからも誰も何も言わなかった。もっと早くに教えてほしかったのに。

「逃げ出したのに、どうして家に戻るなんて……。あ、あんたが母さんを利用しようとしたんだろう？　預言とかさせてさ」

父さんはふっと笑った。まるでオレを馬鹿にするみたいに。

「私に預言など必要ない。自分の取るべき道は自分で決める。そんなものに耳を傾けて、惑わされたりしない」

今、一瞬、父さんのこと、カッコイイとか思っちゃったよ。

オレの大嫌いな奴なのに！

「じゃあ、どうして……？　オレの世話をするのが嫌になった……とか？」

だって、何もかも嫌になる理由は、父さんじゃなきゃオレってことになる。

「いや、そうじゃない。私は彼女と出会ったとき、すでに家庭を持っていたが、あまり幸せではなかった。会社のために結婚したようなもので、それは納得ずくのことだったが、妻にも家庭というものにも馴染めなかった。だが、彼女に出会ったとき、初めて愛《いと》しいという気持ちを知ったんだ」

オレは目を瞠《みは》って、父さんの思い出話を聞いていた。

この人も、そんな人間的感情があったんだって……すごく意外だった。いつもオレの前では表情も崩さないし、冷徹な人にしか見えなかったんだ。

「彼女と秘密の家庭を持ったが、たまにしか帰れなかった。それでも、よき夫、よき父親の役割は果たしていると思っていた。だが、『何もかも嫌になった』と言われたとき、それはすべて崩れた。幸せだと思っていたのは、私の思い違いや独りよがりで、彼女は嫌がっていた家に帰りたくなるほど、この生活がつらかったのだと思い、愕然《がくぜん》とした」

だから、オレに優しい言葉もかけてくれなかったのか。もしかしたら、初めての失恋って感じだったのかもしれない。

今なら、オレも父さんのそのときの気持ちが判る。人は裏切られたと思ったとき、何より傷つくんだ。

南雲とのことを思い出し、胸がズキンと痛む。

オレだって……傷つくんだよ。騙されたり、裏切られたりしたら。

「だが、最近になって、やっと彼女から間接的に連絡があり、真実を知ることができた。彼女が家に戻ったのは、それまで預言をしていた巫女である母親が病気になって、新しい巫女を擁立《ようりつ》するために、彼女の身辺に追っ手が現れたからだった」

「じゃあ、病気のお母さんのために……？」

「違う。おまえのためだ。おまえの身に危険が及ばないようにと、一人で戻ったんだ」

「あ……じゃ……オレは捨てられたんじゃなかった……？」

父さんがうなずいたとき、オレは涙で前が見えなくなってしまった。

母さんの温もり、顔、声、子守唄……いろんなものがオレの記憶の中で甦《よみがえ》ってきて、どうしようもなかった。

「彼女が人を介して届けてくれた手紙には、今まで軟禁状態だったことが書かれていた。病気の母親を人質にして、逃げられないように縛りつけ……。ところが、その母親が亡くなったらしい。彼女が逃げられないように、人質として……それから、新たな巫女を生み出すための道具として、おまえが狙われていると……」

「えっ、オレが？　じゃ、もしかして、あいつらは……」

それでオレを連れていこうとしていたのか。金が絡むと、そんな無茶もやってしまうなんて驚きだ。町の有力者だかなんだか知らないが、完全に犯罪者じゃないか。

「母さんが軟禁されてたって判ったのに、どうして警察に知らせないんだよ？」

というか、南雲が鮮やかにオレを助けてくれたからごまかされていたけど、あれは誘拐未遂だよな。警察に言ってもよかったんじゃないかな。

「神子町はあまり大きくはない町で、地元の警察も有力者の言いなりだ。何しろ預言をする巫女は町の財産だ。彼女が預言するだけで金が入ってくる。利権も絡んでいて、うかつに真正面から手を出せば、こちらが火傷《やけど》する」

「でも……なんとかできないわけ？」

「彼女はもちろん町を出たがっているが、それよりおまえのことを心配している。絶対、向こうに渡さないようにと懇願《こんがん》していた」

母さんは今もオレのことをそんなに考えてくれているのか……。

胸の中がジーンとしてくる。

「オレ、母さんを助けたい……」

「ああ、必ず助ける。だから、おまえはここでじっとしていろ」

「えっ……もしかして、オレだけ除《の》け者で、ここで待ってろってこと？」

「そうだ。動くな。おまえを守るのは、南雲に任せている。彼の言うことをよく聞いて、母親を奪還《だっかん》するまでここで暮らすんだ。……以上」

いきなり父さんは立ち上がった。どうやら、もう帰るつもりらしい。

「なんだよ。自分の言いたいことだけ言ってさ」

「おまえへの説明義務は果たした。私は忙しい」

義務だったから、説明しただけなのか。今まで聞いた話はどこかに吹き飛んでしまうような冷たさだった。

だって、母さんと出会って、初めて幸せを知ったとか、よき夫よき父親のつもりだったとか……。あれはなんだったんだよ。

昔はともかくとして、オレは父さんにとって、どうでもいい奴だってことか。

父さんは連れてきた秘書みたいな人や南雲の部下と一緒に、風のように去っていった。


オレは呆然としたまま、またソファに座った。

目の前には南雲が淹れてくれたコーヒーがある。オレは冷めてしまったそれを、がぶりと飲み干した。

「なんて勝手な奴なんだよ！」

オレは悪態をつくしかなかった。けれども、本人がいないんじゃ、ただの陰口だ。

南雲は俺の横に腰かけた。

「本当に忙しいんだから仕方ない。わざわざ、ここまで来てくれたんだし、あの人にとっては時間を割いたほうだろう」

だったら、何もここまで来なくても、途中で落ち合えばよかったような気がするんだけどな。でも、いろいろ都合ってものがあったんだろう。当然、こっちじゃなくて、向こうの都合だ。

「オレだって、母さんを助ける手伝いをしたいのに」

「素人は動き回らないほうがいいってことだ。かえって邪魔になる」

その理屈は判るが、やっぱり釈然としない。

「それにしても……なんか意外な話だったな。父さんは根っからの冷たい奴でもなかったみたいだし」

あの去り方は充分冷たいと思うけどさ。

「僕も友基くらいの年の頃にはいろいろ荒れてて……そのとき、君のお父さんに会った。あんな厳しい顔をしていながら、いろいろ面倒を見てくれたよ」

「えっ、嘘！　面倒？　あいつが？」

「僕は家出をしてフラフラしてたんだ。悪いこともしてててね……。僕の母親は早くに亡くなっていて、二度目の母親につらく当たられていたけど、父親はなんにもしてくれなかった。高校には入ったものの、そのへんで我慢ができなくなって家を出たんだ」

南雲は物腰が柔らかく、人に対してニコニコとしているのに、そんな過去があったなんて。今の南雲からはそんなつらい目に遭《あ》っていたようには、とても見えない。

「街をうろついて、気弱そうな奴から金を巻き上げたり、人を殴ったり……。そんなときに、君のお父さんと出会った。金を持ってそうだから近づいたら、ボディーガードにこっちがやられて、車に乗せられたんだ。もうてっきり、こいつはヤクザか何かだと思ったよ」

オレは父さんの厳しい顔を思い出して、笑った。確かに、インテリヤクザと言われたら、そんな感じもする。

「僕が連れていかれたのは、組事務所じゃなくて、あの人の自宅だった」

「そうなんだ……」

父さんの自宅には、オレも行ったことがない。まあ、行けるはずもないな。愛人の息子なんだから。

「あの人にとってはただの気まぐれだったのかもしれない。だけど、僕は嬉しかったよ。ただの善意で新しい服を着せてもらって、おいしいものを食べさせてもらって、温かい寝床で寝かせてくれた。街でさまよっていた僕の心はすっかり荒《すさ》んでいたけど、なんの見返りもなしにそんなことをしてくれたあの人の気持ちがとてもありがたくて、涙が出たよ」

オレはそんなふうに街をさまよったことも、荒んだ気持ちになったこともない。でも、そのときの南雲の気持ちは判るような気がした。

誰かが信じてくれる。誰かが自分のことを考えてくれてる。

そう思ったら、心の中があったかくなってくるんだ。

「あの人は僕に勉強をしろと言ってきた。ダメな人間になってしまうのは、自分がそういう道を選んでいるだけで、家族のせいじゃないと。そんなことをしても、決して冷たかった家族への復讐にはならないし、結局は誰にも振り向いてもらえないと言われた」

だから、父さんが一人暮らしの条件として、真面目な生活を送り、成績を維持するようにと厳しく言ってきたのか。

「そんなふうに言うあの人の家族こそ、本当に冷たかった。君にお兄さんがいることは知ってる？」

「聞いたことはある……どんな人なのかは知らないけど」

じいちゃんもばあちゃんも、向こうの家族のことになると、口が重たかった。オレに対する遠慮なんだろうけど、お兄さんがいるって聞いたときは嬉しかった。

なんとなく、オレと同類みたいな気がしたからだ。でも、本当に同類なのかどうかは判らない。こちらが勝手にシンパシーを感じてるだけでさ。向こうはオレの存在も知らないかもしれないし。

「お兄さんはその頃、小学生だった。向こうの奥さんは政略結婚みたいなものだったから、本当に遊び回っていて、お兄さんはほったらかしにされていた。だから、僕はお兄さんの住み込み遊び相手として雇われて、そこから高校にも通うことになった。僕の家族は僕のことを探してもいなかったけど、一応、話もつけてくれたんだ」

「えーと、向こうの奥さんは反対しなかったの？」

「関心もなかったみたいだな」

そんなに冷たい家庭なら、父さんが母さんと出会って幸せになれたって思うのも、無理はないかもしれない。でも、ほったらかしにされていたお兄さんというのも、なんだか可《か》哀相《わいそう》だな。

「それは、君のお母さんがまだ君と暮らしていた頃のことだ。だが、君のお母さんが家出をしたあたりから、あの人はどんどん変わっていった。たぶん心が深く傷ついていたんだと思う。めったに笑わなくなったし、顔の表情が変わらずに、冷たい人みたいに見えるようになったんだ」

「オレは父さんにはそういうイメージしかないな。いつもムッツリしていて、オレが何を言っても、父さんはまったく心が動かされない感じで……。すごく冷たい人だと思ってた」

「本当はそうじゃないよ。ただ、君のお母さんが自分を捨てて逃げてしまったってことで、君に対しても何かやり切れない想いがあったんだろうな。でも、根っこの優しさは変わらなかったと思うよ。僕はあの人にお世話になりっぱなしだったし、お兄さんもお父さんのことを尊敬している」

「ふーん……」

その間、オレは祖父母の家に預けっぱなしだったわけか。といっても、母さんがいなくなった以上、それが最善だったんだろう。父さんもオレのところに全然顔を出さなかったわけじゃないし。

それが判っても、今は素直に父さんのことを認める気にはなれなかった。

だいたい、家庭があるのに母さんと別の家庭を作ったって事実には変わりはないわけだ。やっぱり、オレは基本的にそういうのは許せない。政略結婚なんてするほうが間違ってるし、淋しいからって別の女性と自分だけ幸せになろうって気持ちも、オレは理解できなかった。

まあ、そんなこと言っても、父さんと母さんがくっつかなければ、オレだって生まれてないんだけどさ。

「あんたは父さんを尊敬していたから、オレのガードの依頼を受けたんだ？」

「というか、君のお父さんはうちの会社のオーナーなんだ」

「あ……なんだ」

警備会社の経営が仕事だって言ってたけど、雇われ社長だったんだな。つまり、思いっきり父さんの支配下にあったわけだ。

「お父さんから直々《じきじき》に息子を守ってくれないかと言われたとき、嬉しかったよ。僕はお兄さんの面倒も見させてもらっていたし、その弟まで任せてもらうなんて信頼されてるってことじゃないか。恩返しも兼ねて、頑張ろうって思った」

「それで、オレの隣に住んで、近づこうとしたんだな……。やけに馴れ馴れしくて、変だと思ったんだ」

「最初はね。君の近くにいないと危険だったから。あんなふうに車で拉致《らち》しようとしてくる奴らを、なるべく近づけさせないためにも、必要なことだった」

オレは南雲が買ってきてくれたケーキのことを思い出した。

そんな裏にあることも知らず、オレは心から南雲のことを信用していた。いや、最初は警戒していたのに、いつの間にか南雲のペースにハマってしまって、気がついたら信用しきっていた。

また、南雲が父さんの手先だったことを知ったときの、胸の痛みが甦る。

もうあんなこと、どうだっていいのに。

そう思うのに、オレはまだあのときの温もりを忘れられなかった。

オレの肩を、南雲がふわりと抱く。

「やめろ……。もうオレに馴れ馴れしくするなよ……」

オレは南雲の腕から逃れようとした。だが、逆に、南雲はオレの身体を自分のほうに引き寄せ、耳元でささやいた。

「僕がお父さんとつながりのある人間だから、嫌になった?」

そんなふうにささやかれたら、また気持ちが揺らいでくる。このまま南雲に甘えたくなってくる。

だけど、南雲はオレにとって裏切り者なんだ。もう信用しちゃいけない。

「あんたはオレを手懐けるために、あんなことをして……。ああすれば、オレを言いなりにできると思ったんだろう？」

「えっ、そんなふうに思ってたんだ？　ショックだなあ」

オレは泣き声みたいになってるのに、南雲のほうはずいぶん呑気そうな声だ。なんだか、オレはカチンときた。

「ショックなのは、こっちだよ！　守るとか、大事にしたいとか、可愛いとか……あんな言葉を並べ立てて、オレの気持ちを弄《もてあそ》んだくせに！」

「別に弄んでないよ。本気で言ったんだから」

「だって……南雲はオレを騙したんだろう？」

南雲はクスッと笑って、俺の頬にキスをした。

「な……何っ？」

「もしかして、仕事の一環として、君にエッチをしたと思ってる？」

「違うのかよっ」

「全然違う。君のことが可愛くて仕方なくて、大事にしたくてたまらなかったけど、仕事だから自制していたんだ。ところが、君を部屋に招いたときに、僕の本音の部分が大きくなってしまった」

ということは、南雲は本気でオレのことを……？

いや、そんな都合のいい話、信じられるもんか。南雲はオレの父さんとの関わりを黙っていたじゃないか。

「嘘だ……！」

「嘘じゃない。仕事でこんなこと……普通すると思う？」

「あ……」

南雲はオレの頬に手を当てて、唇を重ねてきた。

唇が触れた途端、胸が高鳴るのを感じた。ドキンって。嘘をついていた南雲の言うことなんて信じちゃダメだって思うのに、抵抗のひとつもできない。

身体が痺れてくる。頭の中だって眩暈《めまい》がしてくるみたいだ。

オレの舌が南雲に捕らえられて、愛撫される。まるで、オレも南雲に捕まっちゃったようだった。

蜘蛛《くも》の巣みたいに絡みついてきて、オレはもう南雲から逃れられない。全身が蕩けそうになってきて、もうなんだっていいから、オレは南雲に甘えたくなってきていた。

たった一度だけのエッチが、オレをこんなに弱い人間にしたんだろうか。いや、元々、オレなんか別に強い人間でもなんでもなかった。嵐の中でじっと身を潜《ひそ》めている子猫みたいなもので、オレはただ、自分を取り巻くいろんなことから逃げていたかっただけなんだ。

南雲がオレの何もかもを溶かしていく。頑《かたく》なになっていた心も、身体も全部……。

南雲は静かに唇を離した。

「まだ僕が信じられない？」

「だって……南雲はオレのこと……」

「好きだよ」

ドキン。

今までにない胸の高まりを覚えた。

だって、オレは好きだなんて言われたのは、生まれて初めてだった。

「僕は君の生い立ちを知っていたし、お父さんに対してのわだかまり、お母さんに対しての思慕《しぼ》を抱いていることは、想像できた。そんな君が頑張って一人で生きていこうとしている姿を見て、可愛くて守ってあげたくて、どうしても自分の気持ちを抑えられなかった」

「同情してた……とか？」

それを聞いた南雲は吹き出した。

「同情で勃つほど変態じゃないよ」

確かに同情でエッチなんかできそうにない。まして、仕事でなんて。

だったら、オレは南雲をもう一回信じてもいいのかな。

「オレ……南雲に裏切られたって思った……。信じたオレが馬鹿だったのかなって……」

「君はずっと不安そうにしていたのに、それを思いやる余裕がなくてごめんね。お父さんからの依頼でボディーガードしていたのがバレたら、きっと君は僕のことすごく嫌がるだろうと判っていたし、とうとうその日が来てしまったのかって思ったら……」

「そりゃあ、父さんの差《さ》し金《がね》だって最初から判ってたら、南雲のこと、絶対信用しなかったと思う」

意固地《いこじ》なのかもしれないけど、オレはまだ父さんに対して嫌いだって気持ちしかない。

母さんをそんなに好きだったのかって判ったし、南雲への優しさを聞いたら、少しは見直した面もある。

でも、今までの十年もの間、深まってしまった溝は容易には埋められない。

「今はどう？　やっぱり嫌いになった？」

口では弱気なことを言っているが、顔は笑っている。そんなことないって判ってるみたいで、なんとなくシャクに障《さわ》る。

でも、こんなところで意地を張っても仕方ない。

それに……。

嘘や誤解はもうたくさんだ。オレはちゃんと南雲と本音で話したい。

「嫌いになってたら、おとなしくキスなんかされないよ」

「うん……そうだね」

南雲は微笑むと、オレの髪を撫でた。それから、頬に手を当てる。

またキスされるのかな……。

そう思ったら、心臓がドキドキしてきた。

「じゃあ……僕のこと、好き？」

「えっ……」

オレは自分の顔だけが急に熱くなってくるのが判った。

「顔、赤いよ。そんなに照れなくていいのに」

「だって……照れるだろ……」

「気持ちは判るけど、僕もちゃんと口に出して言ってほしいんだよ。君が僕を好きなのかどうか、はっきり知りたい」

オレはそんなこと、口に出して言うのは恥ずかしいと思ってた。それに、自分の気持ちの正直なところが、実はよく判らなかったりして。

でも、南雲の気持ちも判る。好きだって言ってもらわないと、また誤解が起きる。考えていることを黙っていたら、別のトラブルが起きそうだった。

「オレは……その、こういうの初めてなんだ。誰かを好きだって、思ったことないし。けど……」

オレは恥ずかしくなって、南雲の胸に顔をそっと伏せた。

「南雲がオレのことを好きだって言ってくれると嬉しい。オレのこと、大事にしてくれてるって思ったとき、胸が熱くなる。南雲にもっと甘えたい。ずっと一緒にいたい。南雲のこと……信じていたいんだ」

南雲はオレをギュッと抱きしめてくれた。

「ありがとう……友基」

オレの気持ちは南雲に伝わったみたいだ。なんだか、今まで生きていた中で、今が一番幸せだって思う。こんなにオレを幸せにしてくれる南雲が、すごくいとおしくて……。

「馬鹿みたい。涙が出てくる」

「見せてごらん」

「あ……」

オレは顔を上げさせられた。

南雲の優しい瞳がオレを見つめる。そして、頬の涙にキスされた。

「可愛いな」

「なんで可愛いんだよ……。こんなの、みっともないじゃんか」

「可愛いよ。君の気持ちが伝わってきて……なんだか僕は暴走しそうなんだけど」

つまり、エッチしたいって言ってるんだ。そんなこと言われても、困ってしまうわけなんだけど。

「あ……あのさ、心の準備が……」

「ねえ、二階にベッドルームがあるんだけど、見にいかない？」

ベッドへお誘いされてしまった……！

なんだか女の子にでもなったような気分だ。今さっきまで、南雲に対して頑なな心があって、もう絶対騙されないぞと思っていたのに、誤解が解けてすぐエッチしますっていうのも、節操《せっそう》がないような気がするんだ。

でも……。

南雲の優しげな顔を見ていたら、そんなこだわりはどうでもよくなっていく。

オレだって、南雲とキスしたいし、エッチもしたい。

「……うん、行く」

すごく恥ずかしかったけど、そう答えたら度胸《どきょう》がついて、オレは立ち上がった。階段はこのリビングにある。そこへぎくしゃくと向かおうとしたら、南雲に止められた。

「待って」

「え……あっ、ちょっと……！」

南雲はオレを抱き上げた。しかも、お姫様抱っこってやつだ。

「な……なんで？」

「君を大事に運んでいきたいんだよ。しっかりつかまってて」

オレは仕方なく南雲の首に抱きついた。すごく恥ずかしいけど、南雲がしたいのなら、もういいかって。

寝室は広々としていた。ベッドが二つあって、真っ白で清潔そうなベッドカバーがかけてある。

オレは静かにベッドの上に下ろされた。

この間は、わけが判らないうちにエッチされていたけど、今回は最初から納得ずくのエッチだ。こういうときって、どうすればいいんだろう。

「えーと……脱いだほうがいい？」

オレはシャツのボタンを外そうとした。だけど、それを南雲は止める。

「君は脱がなくていいよ」

「どうして？」

「僕が脱がしたいから。いやらしく脱がして……君が恥ずかしがるところが見たいな」

「何を言ってるんだよ……」

南雲はスーツの上着を脱ぎ、もうひとつのベッドに置いた。そうして、ネクタイを外す。

それがとっても大人の仕草《しぐさ》って感じがして、妙にドキドキしてくる。

いや、カッコイイじゃないか。同じ仕草をしても、それがキマらない人もいると思う。

けれども、南雲はモデルみたいな顔と体型をしているせいもあって、すごく格好いいんだ。

シャツのボタンの上から二個くらい外したところで、オレが横になっているベッドに腰かける。そして、オレの頬にそっと触れた。

「今の南雲……なんかすごくエロい雰囲気がする……」

南雲はクスッと笑って、頬を撫でる。

「ドキドキする？」

「うん……。心臓が壊れたんじゃないかと思うくらい」

「それは嬉しいな」

南雲はそのまま整った顔をオレに近づけてきた。

唇が触れる。舌が入ってくる。

それだけで、オレはめちゃくちゃ興奮していた。思わず、南雲の腕にしがみつく。舌を絡められて、ツキーンと下半身まで何かが突き抜けていくような感じがした。

オレは南雲のもの……なのかな。

それが嫌だとは思わない。それどころか、今の状況がすごく幸せだって思うんだ。

何度も何度も、キスをした。唇を離してはまた合わせて……。オレのほうが焦《じ》れてしまうくらい、南雲はしつこかった。

やがて、南雲はオレのシャツに手をかけた。

ボタンをひとつひとつ外していき、現れた肌にキスをする。

「なんか……焦らされてるみたい……」

「そうだよ。もっと君を焦らしたい。君の気持ちがもっともっと僕に向くように」

「もう……いっぱい向いてるよ」

南雲はもっとオレの気持ちが欲しいのかな。でも、どうやってそれを表現したらいいか、オレには判らなかった。

オレは南雲を求める気持ちが強くて、もどかしい状態なのに。

南雲はオレの乳首にキスをした。

「あぁっ……」

大げさなくらい身体が跳ねる。

オレとしては、なんでそんなところが感じるのか不思議でたまらない。でも、南雲がキスする度に、快感がオレの身体を侵していくんだ。

「オレばっかり感じてる……」

「僕も感じてるよ。君の可愛い反応を見ていると、興奮してくる」

「オレの反応で……？」

そんなもの見て、何が面白いんだろうと思ってしまうのに。

「今の君の顔、めちゃくちゃ色っぽい」

「オレの顔が……？」

「頬が上気していて、目が潤んでいて……そんな目で見つめられたら、僕は理性がもたないよ」

すでに、南雲は理性なんて飛んじゃってるんじゃないかと思うんだけど、まだ残っていたらしい。

「変なの。オレの顔を見て、そんな馬鹿なこと言うのは、南雲くらいだ」

「うん。だから、僕だけにしか見せちゃダメだよ。こんな表情は……」

南雲は今までちょっと余裕ぶっていたのをかなぐり捨てたみたいに、オレに覆《おお》いかぶさってきた。そして、改めてオレを抱きしめながらキスをしてくる。

南雲の身体の重みが心地いい。

身体も心も、分かち合っているような気がして……。

唇を離した後、耳にもキスをしてくる。いや、キスっていうより、歯を立てずに甘噛みしているような感じだ。まるで動物の愛情表現みたいで、こんな情熱が南雲にもあったんだって、オレは驚いた。

それから、首筋にも唇を這わせられる。

シャツを左右に広げられて、鎖骨を舐められた。

「くすぐったい……」

「そう？　でも、もっとよくなるよ……」

オレの身体はもうすっかり南雲の言いなりだ。でも、それで構わない。もっといろんなことをしてほしい。

南雲の思うとおりの反応をするから。

「ん……ぁ……っ」

焦らすように乳首の周りを舐められる。

なんで男のオレが胸なんかで感じなきゃいけないんだろう。だけど、それが恥ずかしさとなって、余計にオレを燃えさせてるような気もした。

「あん……あっ……あ」

舌で乳首をつつかれて、身体が跳ねる。

どうしようもないくらい、コントロールが利かない。いや、オレをコントロールしているのは、南雲のほうなんだ。

南雲はオレの腹を舐める。もう股間は硬くなり、はっきりと服の上から判るくらいになっていた。

だけど、その部分を無視して、ベルトのギリギリのところに舌を這わせていく。

もっと下がいいなんて、オレは思っちゃうのに。

オレはもどかしくて、腰を揺らした。

「誘ってるの？」

「そうじゃ……ないけど……」

身体が熱くて、その部分が痺れたようになっている。できれば、刺激が欲しい。そうでないと切なすぎる。

「ココを触ってほしい？」

南雲はズボンの上からそこをゆっくりと撫でた。

「あ……」

「してほしいの？」

どうやら南雲はオレにその言葉を言わせたがっているようだった。

恥ずかしいけど、言わないと焦らされるだけだ。

「……して」

南雲は満足そうに微笑むと、ベルトを外し、ズボンと下着を抜き取ってしまった。しかも、ついでのように、羽織っていたシャツも脱がされてしまったから、もう丸裸だ。

男同士で裸が恥ずかしいと思うのは、間違ってるだろうか。だけど、こんな場合だから、恥ずかしくても仕方ないいんじゃないかな。

だって、南雲はほとんど脱いでない。オレだけ裸で、しかも欲望を無防備に晒《さら》している。

「可愛いよ……」

南雲はオレの足をいやらしく撫で上げた。

「あ……ん……」

足を撫でられただけなのに、身体がビクンと震える。

「なんかオレ……すごく期待してるみたいで……」

「期待してててもらって構わないよ」

南雲は身を屈《かが》めて、オレの膝《ひざ》の上にキスをした。

なんだろう。この感覚。実際に一番感じるところは放置されてるのに、なんでこんなに気持ちいいんだろう。

こんな、なんでもない場所なのに……。

南雲はオレの足を立てさせて、内腿に唇を滑らせていった。

ゾクゾクしてくる。身体が熱くなる。自分が自分で制御できない。何か大きなうねりにさらわれていきそうだった。

南雲はさらに唇を這わせた場所を掌で撫でていき、その中央の奥まった場所へと触れた。

ドキッとして、思わずそっちのほうを見たら、南雲がちょうどオレの様子を窺《うかが》っていて、視線がバッチリ合う。

南雲はにっこり笑い、その部分の周囲を指で撫でた。

「どう？」

「ど、どうって……？」

「この間のこと、思い出した？」

確か、そこに南雲の指が入ってきて、オレの中をかき回した。そうして、南雲自身も入ってきて、奥まで貫かれて……。

思い出したら、赤面しそうだ。

「あのとき、友基はすごく気持ちよさそうな顔をしてた」

「だって、さ……」

「実際、気持ちよかったんだからね。仕方ないよね」

「なんで、そんなに判ったように言うんだよ……」

なんだか意地悪されてるみたいだ。焦らされてるし、言葉でいじめられるし。

「あれ、違った？」

「違わない。けど、なんか……そんなに意地悪言うなよ」

南雲はちょっと笑うと、オレの太腿に音を立ててキスをした。

「意地悪じゃないつもりなんだけど。可愛いから、からかってみたくなるだけで」

「どっちだって一緒だ！」

「一緒じゃないよ。だって、僕には愛情があるから」

南雲はまたオレを赤面させるようなことを言うと、股間にそっと触れてきた。

「さあ、前と後ろ、どっちを可愛がってほしい？」

「う……南雲ぉ……」

どっちって言わせるのか。もう正直な話、どっちでもいいくらい、とにかく直接的な刺激が欲しかった。

もっと、いやらしいこと、してほしいのに。

「両方……じゃダメ？」

そう言ったら、南雲は目を丸くした。そうして、その目が細められて笑顔になった。

「ダメじゃないよ」

南雲はオレの身体を引っくり返してうつ伏せにした。

「えっ、何？」

「後ろから可愛がってあげる」

南雲はオレの背中に舌を這わせた。

腰から背筋に沿って、ゾクゾクとしてくる。オレはまた新たな刺激を受け、思わず目の前にあった枕をギュッとつかんだ。

南雲の唇が尾てい骨あたりをさまよう。同時に、オシリを掌でぐりぐりと撫でられた。

「可愛いオシリだね。さあ、腰を上げて。よく見せて」

南雲に促されて、オレはそのとおりにした。後ろから恥ずかしいところが見られている。もう、そう思うだけで感じてしまって、足が震えてきそうだった。

「いい子だね……」

南雲はさっき指で触れていた部分に、舌を這わせた。

「ああっ……あん……」

気持ちよすぎる。

オレは必死になって枕を自分の手元に引き寄せた。枕を抱くなんて馬鹿馬鹿しいけど、何かすがるものがないと、我慢ができないんだ。

南雲は前のほうに手を回してきて、硬くなっている部分を柔らかく握った。そして、快感を煽《あお》るように手を動かしていく。

すごい……。

本当に前と後ろ、両方を刺激してくれている。オレはたまらなくなって、腰を揺らした。その周辺が痺れてきたみたいになって、熱く蕩けている。こんな感覚、初めてだった。前も後ろも、気持ちよすぎて……。

やがて、南雲は舐めていた部分を、指で撫でた。唾液の滑りのせいで、今にも中に入ってきそうだ。

「あっ……やっ……」

南雲がそこをつつく度に、声が出て、腰が揺れる。

「まるで誘ってるようだよ」

「あ……そうじゃ……ないっ」

そうは言っても、甘い声を出して腰を揺らしているなら、誘っているように見えても仕方ないだろう。

「そんなに待ちわびているなら、中に入れてあげようか」

指先に力が込められて、徐々に中へと侵入してくる。

異物感がある。けれども、それがとてもオレを興奮させているのは事実だった。

「締めつけてるね」

南雲はそこを無理やり広げていくように、指を動かした。前の部分を刺激する手の動きと連動していて、快感はどんどん膨らんでいく。

「あ……はぁ……ぁっ……」

オレは枕をギュッと抱きしめた。

やがて、指が二本に増える。そうして、刺激のスピードも速くなってきた。

「我慢……できないっ……」

「いいんだよ、我慢なんかしないで」

南雲の優しい言葉を聞いたとき、オレの中で何かが弾《はじ》けた。

強烈な快感が腰から頭まで突き抜けていく。

「ああっ……」

オレは南雲の手の中に熱を放っていた。

心臓がドキドキしている。ものすごく気持ちよくて、天国の雲の上を漂《ただよ》っている気分だった。

ベルトを外す音と、衣擦れの音が聞こえてきて、今まで指を入れられていた部分に、硬いものが擦りつけられた。

「……入るよ」

その言葉どおり、オレの身体の中に、指よりずっと太いものが入ってきた。

「すご……」

イッたばかりの余韻を感じている身体が、再び快感の渦中に引き戻されてしまう。

「オレ……変になりそう……っ」

「どんなふうに変になるの？」

「気持ちよすぎて……おかしくなっちゃう……」

オレの中に硬い楔《くさび》が打ち込まれている。でも、それは痛くもなかったし、嫌でもない。

オレは甘い痺れを感じていた。

腰が勝手に揺れる。まるで、催促してるようだった。

「こんなの……こんなの……初めて！」

声のトーンが上がっている。女の子みたいな甲高《かんだか》い声になっていて、それが図らずも、オレの快感の度合いを示すバロメーターになっていた。

「この前のときより気持ちいい？」

「うん……」

何故だろう。最初のエッチは無我夢中で終わったって感じだったけど、今度は少し余裕があったからなのか。それとも、期待感が大きかったからなのか。

まさか、一度でこの行為に慣れたとかじゃないよな。

それとも、前とは体位が違うから……？

後ろからだと、こんなに感じるのか。

「僕の気持ちが通じたから……かな？」

「あ……そうか」

南雲ははっきりオレのことを好きだって言ってくれた。オレもなんかそんな気になってきたし。

好きな人にエッチされるのは、こんなに気持ちいいことなんだ。

オレはすごく納得できた。

「じゃあ……もっと気持ちよくしてあげなくちゃいけないね」

南雲はまたオレの前の部分に手を伸ばしてきた。

「あ……っ」

軽く擦られただけで、どんどん硬度を増していく。

南雲は腰を使って、オレの中をかき回し、同時に直接オレのものも刺激する。再び両方の快感に侵されて、オレはたちまち高みへと追いやられていきそうになった。

もう少し我慢しなくちゃ。

さっきイッたばかりで、またイクなんて、堪え性がないみたいで恥ずかしい。そう思うけど、身体は次第に我慢できないほど燃え上がってくる。

どうしよう……。

媚薬《びやく》が全身に広がる。

頭の中が真っ白になってきて……。

「一緒に……イこう……」

南雲の声が夢うつつに聞こえ、うなずく。

体内の嵐がますます強く吹き荒れていく。

南雲がぐっと突き入れた瞬間、オレは再び自分を手放した。


真っ白になった頭の中に、何か別の映像が浮かんでくる。

ここは……どこだろう。

趣味の悪い建物だ。神社の社殿っぽいけど、神社はこんなに変な色じゃない。金色と朱

色の二色を使ったエセ神社だ。

そこに一人の女性がいた。

巫女さんみたいな格好をしている。上は白い着物で下は緋色の袴《はかま》。長い黒髪を後ろでひとつに束ねていた。手には玉串みたいなものを持っていて……。

その女性がこちらを振り向く。

三十代後半くらいのわりと綺麗な人。

あれ……？

この人、もしかして母さん？

小首をかしげて、こちらを見ていた女性の目がハッとしたように見開かれる。

母さん……！

オレは不意に頬を叩かれて、我に返った。

「友基……大丈夫？」

目を開けると、南雲がオレを心配そうな目で見つめていた。

「え……何？」

オレは今まで何をしてたんだろう。ふと見ると、裸でベッドの上に横たわっている。そういえば、エッチしてたんだ、オレ達。

「ビックリした。身体を拭いてあげようとしたら、全然反応ないから」

「あ……ごめん。なんか軽く気を失ってたみたい」

それを聞いて、南雲は優しい目をして微笑んだ。

「そんなに気持ちよかった？」

「まあ、それは……」

どうして南雲はオレを赤面させるようなことばかり言うんだろうな。気持ちよかったのは確かだけど、そういう質問に答えるのは恥ずかしいよ。

「僕もすごくよかった」

「あ、そう……」

だから、恥ずかしいんだってば！

南雲はニヤニヤしているから、たぶんオレが恥ずかしがっているのが判ってて、わざと言ってるんだろう。

それから、身体を拭いてもらって、元どおりに服を身につける。だけど、まだ身体に少し甘い痺れのようなものが残っていて、南雲に甘えたくて仕方なかった。

一階に下りてソファに腰かけた南雲に、オレは擦《す》り寄った。

「ん？　どうしたの？」

「あ……いや、なんとなく……一緒にいたいなって」

南雲はふっと笑うと、オレの肩を抱いた。ベッタリと身体をくっつけて、これが幸せって思うのは、ちょっと危険かもしれないけど。

でも……今だけ。

いつもは、こんなことしないから、今だけくっついていたい。

「オレさ……さっき意識を失っていたとき、変なものが見えたんだ」

「変なもの……って？」

「金ぴかの神社みたいなところに巫女さんがいるんだ。その人、母さんだったような気がするんだけど……」

「お父さんの話を聞いたから、そんな夢を見たのかな」

そうかもしれないけど、妙にリアルだった。オレは昔の記憶の中の母さんしか知らない。まだ若い頃の母さんだ。夢の中で見たのは、今現在の姿のようだった。

無意識のうちに、今の母さんを想像していたのかな……。

そりゃあ、よく母さんのことは思い出すよ。でも、繰り返し頭に浮かぶのは、あのときの若い母さんの顔なのに。

「ひょっとしたら、オレにも預言の能力があったりして」

なんか、そんな気がしてきた。

そういえば、この間エッチしたときも、変な映像みたいなのが頭に浮かばなかったっけ。

えーと、確か、イギリスの田舎風の建物で、庭に落葉樹が……。

オレはハッと思い出した。この別荘がそのままそうじゃないか。南雲がオレの肩を抱いたところまで一緒だったぞ。

「いや、そんなはずはない」

南雲はオレの意見をきっぱりと否定した。

「能力は女性にしか受け継がれないらしいんだ。だから、君を後継者にするのではなく、後継者を新たに作るために、君が必要だと向こうは思っている」

「ゲッ。オレに子作りしろって？　やだよ、そんなの！」

オレは南雲以外とはエッチしない。父さんみたいに、複数の人とエッチしても平気だとは絶対思わない。

オレは南雲にギュッとしがみついた。南雲はそんなオレをなだめるように頭を撫でる。

「まあ、実際問題として、そういう行為をしなくても子供はできるからな」

「体外受精とか？　でも、それって相手がOKしたって、オレが嫌なら無理やりできないだろ？」

「あの町自体が治外法権みたいになっていて、医者も警察もみんなグルなんだ。君のお母さんは、自分の身体に触れたら死ぬと言い張って、新たに子供を作ることだけは避けられたらしい。だから、余計に君がターゲットになるわけだ」

そんなターゲットになんかされたくないぞ。というか、勝手に他人の子供を作ろうとか考えるなよ。

「オレ、あいつらに誘拐されないでよかった……」

「そうだね。本当によかった。君がそんな強欲の犠牲になるなんて、耐えられないよ」

南雲はオレを抱きしめると、軽くキスをしてきた。

「でもさ……オレ達、いつまでここにいればいいんだ？　母さんを助け出すまでって、どのくらいかかるんだろう」

できれば、オレだって、母さんを助けたい。けど、もし邪魔になるなら、うかつに動けない。というか、オレは狙われてるほうなんだし。

「うーん……それはまだ、なんとも言えないね。連絡は入るだろうから、君は心配しなくてもいいよ」

「どうやって助けるんだろう？　南雲の会社の人を使うのかな？」

「何人かは使うと思う」

「そういえば……南雲はオレとここにいていいの？　会社の仕事があるんじゃや……」

会社でどういう仕事をしているのか知らないが、社長だっていろいろやることがあるんじゃないのかな。

南雲は優しい目をして、オレの頭を子供にするみたいに撫でた。

「大概《たいがい》のことはパソコンとネット環境と電話があれば、用は足りるんだよ。他は副社長に委任している。何しろオーナー直々《じきじき》の依頼なんだから、これは最優先事項だ。もちろん、ちゃんと料金が支払われるしね」

父さんの会社なのに、父さんが依頼して、父さんが支払うんだ……。いろいろ考えていたら、なんだか判らなくなってくる。けど、単に南雲を昔のよしみで、タダでこき使っているってわけでもなさそうだった。

「南雲も大変なんだね」

そう言ったら、南雲は吹き出した。

「まあね。君に手を出してしまったときには、どうしようかと思ったよ。後悔しているわけじゃないんだけど、もしあの人にバレたら……」

「怒るかなあ」

「怒るなんて、生易《なまやさ》しいものじゃないだろうね。一番マズイのは、ガードしている相手を抱いたことだよ。職業倫理として……ほら、商品に手を出したみたいな感じじゃないかな」

オレは商品とかじゃないつもりなんだけど、なんとなく理解できる。仕事上で付き合ってるはずの相手に、エッチしちゃったんだからさ。

「じゃあ……黙ってる？　二人だけの秘密にしておくとか」

「まあ、今はね。いずれは言わなくちゃならないと思うけど」

「やっぱり、言わなきゃいけないんだ？」

「責任取る意味でもね。大事な息子を……しかも未成年なのに……。でも、どうしてもあのときは自制できなかった。今もだけど、可愛くて可愛くて、全身で守ってあげたいと思ったのが、ああいう行動に表れてしまったんだ」

責任って言葉はあんまり好きじゃない。そういう意味での責任は特に。だけど、なんだか南雲にとても愛されてるって感じがして、今は嬉しかった。

ひょっとしたら……。

父さんも母さんとこんなふうにくっついてしまったのかもしれないな。自制すべきだと思ったのが、どうしてもできなかったんじゃないだろうか。

オレはオレで、最初は半分流されたようになって、南雲とエッチした。それを考えたら、一概《いちがい》には父さんを批判できないのかもしれない。

オレは父さんのことをよく知らない。一緒に暮らしていたこともないし、身近にいたわけでもない。冷たい人だとずっと思っていたから、憎むことはあっても、好きになることなんてなかった。

だから、父さんのこと、何も知ろうともせずにいたんだ。

「母さん、早く助けられるといいなあ」

「そうだね……」

オレの頭の中には、まだあの巫女姿の女性がいた。オレのほうを見て、小首をかしげていた。その目が見開かれて……。

その続きがオレはもっと見たかった。

オレに預言の能力があればいいのに。

もし、あれが未来で本当に起こることだったら……オレは母さんに会いにいくってことだろうか。だって、あの神社風の建物は普通じゃなかったし、たぶん神子町ってところに建てられたものじゃないかって思うんだ。ほら、宗教施設みたいなやつ。

オレはいつ母さんに会えるんだろう……。

今はまだ何も判らなかった。


しばらく、南雲と二人きりの生活が続いた。

この別荘が必ずしも大丈夫とは限らないから、南雲は警戒を怠ってはいなかったけど、特に何事もなく日々は過ぎていく。

オレは学校にも行けなかった。でも、勉強はしろってことで、いろいろとそういう道具も後から持ち込まれ、オレは南雲に家庭教師までしてもらうことになった。

そうして、本格的に寒くなってきたある夜のこと、リビングでオレの勉強を見てくれていた南雲の携帯に、電話がかかってきた。

南雲はさり気なくオレを置いて、電話しながら場所を移動する。

今までこんなことなかったのに。

もしかして、オレには聞かせたくない話だったりして。

南雲は玄関のほうに移動していく。オレは南雲の様子がどうにも気になって、足を忍ばせて、そっとついていった。

「それで……帰ってこないのか？」

誰が帰ってこないんだろう。もしかして、母さんを助けにいった人達のことだろうか。

オレは心臓がドキドキしてきた。

もちろん母さんを助けてほしいという気持ちはある。けれども、そのために、誰かが危険な目に遭ったりするのは嫌だ。

「連絡は？……判った。こちらも考えてみる。何か判ったら、すぐに電話してくれ」

南雲は通話を切り、それからまたどこかに電話をかけようとしていた。途中で、ハッと顔を上げて、オレのほうを見た。

「友基……どうしたんだ？」

南雲は即座に深刻そうな表情を隠し、笑顔を見せた。

「だって、南雲がオレには聞かせたくない話をしようとしてたのかなって……」

「そんなことはない。会社の業務の話なんだ」

「嘘だ！　母さんのことだろ？　母さんを助けようとして、誰かが行方不明になってるんじゃないのか？」

「違う。絶対違うから、安心して」

南雲はオレに本当のことを言う気はないのか。

たぶんオレに心配かけまいと思ってるんだろう。だけど、そんなふうに嘘をつかれるのは嫌だ。本当のことを言ってほしいのに。

「いい子だから、さっきの問題の続きを解いて」

南雲は猫撫で声で言う。

オレはそこまで子供扱いされてるのかって思ったら、なんだか怒りが湧《わ》いてきた。

「南雲の馬鹿！」

言った途端、後悔した。いや、あまりに子供じみた罵倒《ばとう》だから。

こんなときに馬鹿なんて言っちゃう、オレのほうが馬鹿だよ……。

オレは嘘をついて隠そうとしている南雲の気持ちが判らないわけじゃない。オレのことを考えてくれてるからこその嘘だって判ってる。

でも……。

なんだか悔しくて、オレは二階に駆け上がり、ベッドに顔を伏せた。

南雲はすぐにでもオレを追いかけてくるかと思ったけど、まだ電話をかけて誰かと話をしている。つまり、それくらい事態は深刻なんだってことだ。

町は治外法権みたいになってるって言ってたし、警察はアテにならないって……。

本当に一体何があったんだろう。

平気で誘拐したり、他人の部屋に鍵をこじ開けて侵入してくるような奴らなんだ。人を怪我《けが》させたりするのも平気かもしれない。

いや、怪我だけならいいけど……。

オレは自分の想像にゾッとする。

まさかって思いたいけど、南雲の態度は怪しすぎる。

しばらくして、南雲はベッドルームにやってきた。

「友基……」

南雲はオレが顔を伏せているベッドに腰を下ろして、オレの頭を撫でた。

「本当のこと……言ってくれよ……」

「君は嘘が嫌いだったね。ごめん……」

南雲は優しく肩を撫でる。オレは起き上がって、南雲の顔をじっと見つめた。

「なあ、何があったんだ……?」

これでも嘘をつくなら、どうしよう。馬鹿とか大嫌いとか、そんな言葉を南雲に投げつけたって仕方がない。南雲はオレのために嘘を言ってるんだから。

南雲はふーっと重い溜息をついた。

「一応、町についての情報は前もって集めていたんだ。それを踏まえて、二手に分かれて潜入してみた。今回は救出しない目的で、脱出ルートなどを確保するために」

「えっ、計画はまだそこまでしか進んでなかったんだ？」

「うん。潜入した一人は、お母さんと直接話をするために予約を取った。預言を聞きたい人達がたくさんいたから、その順番が回ってくるまでしばらく時間がかかったんだ。そして、あと二人は観光客として紛れ込んだ」

「観光客……？」

そんな町に観光するところがあるんだろうか。歴史的建造物とかあるのかな。イメージとしてはすごく田舎っぽいんだけど。

「町は預言をする巫女がいるということで、プチ観光化している。お札やお守りを売って儲けるわけだ。まあ、知る人ぞ知るというくらいで、そんなにメジャーでもないけど、それなりに訪れる地元以外の人間がいるってことで、僕達の計画には好都合だった」

確かに、よそ者がほとんどいない小さな町だったら、潜入しても夜じゃないと目立つかもしれないな。まあ、逃げ出すのはやっぱり夜だろうけど、いろんな場所を明るいうちに見ておくのは重要だろう。

「だが、巫女に相談に行った者と、まったく連絡が取れなくなったんだ。最初は、巫女と会うのに携帯の電源を切らされたんだろうくらいに思っていたが……」

とうとう夜になっても、連絡がないってことか。

「じゃあ、正体がバレてしまって……？」

「あるいはそうかもしれない。僕に連絡してきたのは、観光客に扮《ふん》した連中だ。彼らも明日には町を出なくてはいけない。そんなに観光資源もないところだから、何泊もしていれば目立つ。彼らまで何か危害を加えられるようなことになったら困るからね」

オレは深くうなずいた。

危害なんてとんでもない。一刻も早く逃げてくれと言いたいところだ。

「それで……どうするの？」

「とにかく、僕は町まで行って、観光客に扮していた彼らと落ち合い、これからどうするのか計画を立て直す。それまでに連絡があればいいが……」

「オレも行く！」

勢い込んで言ったが、南雲は厳しい顔をして、首を振った。

「ダメだ」

「どうして！」

「その理由は自分でもよく判っているはずだ。君を向こうに取られたら、お母さんを助け出す意味がない」

「でも……誰かがオレ達家族のために、危ない目に遭ってるなんて……」

南雲はオレを抱き寄せて、軽く唇を触れ合わせた。

「君の気持ちは判る。だが、これはもう、僕達の仕事の範疇《はんちゅう》だ。危険でもやる。君の感傷は不要だ」

仕草や声の調子は優しいのに、言ってる内容はとても厳しいものだった。

感傷は不要だなんて、初めて言われた……。

「仕事……なんだね？」

オレは涙が出そうになるのを必死で堪えた。南雲はその質問にそっとうなずく。

こんなところで泣くのは、それこそ不要な感傷かもしれない。南雲がオレを突き放すのは、全部、オレのためだって判ってる。

でも……。

悲しいんだ。

オレだって、南雲の役に立ちたい。南雲の部下の人を助けたい。

だけど、どんなにそう思ったところで、オレが足手まといになるのは事実だった。いや、足手まといになるのが事実じゃなくて、南雲がそうなると思うのが事実なんだ。

オレだって、何かの役に立つかもしれない。

そう思っても、オレはそれ以上のことが言えなかった。

南雲の気持ちが痛いほど、判ったから。

「僕はもう出かけなきゃならない。明日の朝早く、僕の部下がここに来る。彼が君を守ってくれるから、それまでじっとここにいるんだよ。判ったね？」

オレは返事の代わりに、南雲に抱きついて唇を合わせた。

今のオレにできることは、これだけだった。


南雲は一人で出かけた。

オレはベッドルームで一人きりになる。ここに来て、ずっと南雲と二人だったから、家の中が妙にしんとして、淋しくなってきた。

馬鹿みたいだ。オレはずっと一人暮らしをしてきたじゃないか。

いつまで、オレはこんなに南雲に依存してるんだろう。エッチしてるから、もしくは南雲が年上だからって、関係ない。オレは一人の人間として、ここで何をしてきたんだろう。

前に、南雲に、真面目に生活しようって言われたことを思い出した。時々、暴走するかもしれないけど、我慢するって。

だけど、ここに来て、生活が変わってしまっていた。

オレは学校に行かない。南雲は会社に行かない。お互い、勉強や仕事もしていたわけだけど、生活の場はずっとこの家で……。

そうするうちに、オレと南雲の距離は近くなりすぎていた。

まるで恋人同士のように……ずっと二人で過ごした。その時間の長さが、オレをこんなに弱い人間に変えてしまっていたんだ。

オレは……。

ここで待っててていいのかな。

待っていて、誰かに守られてるだけでいいのかな。

オレはベッドから起き上がると、部屋の隅にある小さなライティングデスクの前に座り、その上にあった南雲のノートパソコンに手をかけた。

立ち上げてみると、幸いロックはされてないみたいだ。オレはネットに接続して、神子町について検索をしてみる。

そのものズバリの公式ページが出てきて、ビックリした。いや、小さな町でもホームページを作ってるんだって思って。

それは、神秘の里というのを前面に押し出したものだった。

もちろん何が神秘かっていうと、預言をする巫女の伝説がだ。その伝説について記述してあって、現代もその血を受け継ぐ巫女神がいる、と。

マウスを握っていた手が震えた。

母さんの写真だ……。

あの夢で見たとおりの姿と顔をしている。長い黒髪をひとつに束ね、白い着物に緋色の袴。磨かれた鏡に向かって一心不乱に祈る姿が写されていた。

そして、その宗教施設は、オレが夢で見たのとまったく同じだった。

あれは予知だったのかな。だったら、オレはここで母さんに会うってことだ。

動悸《どうき》を抑えながら、オレはそこの所在地を確かめた。ご丁寧に地図まで載っている。オレは南雲が使っていたプリンターでそれを印刷した。

母さんのところに行こう……。

あれがオレの予知なら、そうなるべき運命だったってことだ。

朝になったら、南雲の部下がここに来る。それまでには、ここを出なくちゃいけない。

オレは用意をしようとして、クローゼットからジャンパーを取り出した。このあたりは寒いから、薄着じゃ風邪《かぜ》をひく。

敵地に乗り込むんだから、変装くらいするべきかと思ったものの、やっぱり女装は嫌だ。女の子に見える自信もないし、かえって怪しく思われるかもしれない。

ジャンパーを着て、ポケットを探ると、千円札が四枚と小銭が少し入っていた。この間、南雲が気晴らしにと、街に連れていってくれて、お小遣いとか言って五千円くれたんだ。オレは財布も全部、自分の部屋に置いてきてしまったから。

それで本を買って、お釣りを返すのを忘れてたんだな。

悪いけど、これを交通費にしよう。足りるかどうか自信ないが、たぶん大丈夫かな。足りなかったら、後は歩いていけばなんとかなるはず。

オレは帽子を持って階段を下りる。やっぱり出ていく前には腹ごしらえをしておくべきだな。

カップラーメンを食べた後、残っていた御飯で塩おにぎりを作る。なんだかこれから遠足に行くみたいで、ちょっとワクワクしてきた。

いや、そんな浮かれた気持ちで行っちゃダメだな。ちゃんと気を引き締めないと、オレが向こうに捕まったりしたら、母さんにも迷惑がかかってしまう。

オレも……。

勝手に子供を作られたりしたら困るよ、ホント。

そんなことを想像して、ゾッとした。

オレは別に南雲とずーっと一緒にいられるなんて考えてるわけじゃない。だいたい、男同士で結婚なんか普通はできないし。でも、今現在、エッチしてる仲の人間がいるのに、他の奴とどうこうって、絶対嫌なんだ。

もちろん、遺伝子だけ必要だって言われても、嫌だけど。

オレは出来上がったおにぎりをどうするべきか、ちょっと考えた。もちろん弁当箱なんて、ここにあるわけがない。

そうだ。ラップで包もう。

オレはおにぎりを一個ずつラップで包んで、それをビニールの買い物袋に入れた。

準備万端《ばんたん》だ。とはいえ、まだ夜明け前か。暗い外は寒いだろうし、ちょっと寝ていたいという気持ちもあったが、うっかり寝過ごしたら、南雲の部下がやってきてしまう。

それに、駅まではけっこう遠い。歩いていけばかなり時間がかかる。南雲の部下が、オレがいないことを知ったら、きっと駅まで探しにくるだろうし、そのときにそのへんをウロウロしていたら捕まるだろう。

やっぱり、もう行くしかないな。

オレは一応、書き置きなんかして、別荘を出た。奴らに連れていかれたと勘違いされちゃ困るからな。

寒い……けど、我慢しよう。

巫女姿の母さんの顔を思い出しながら。


駅員に乗り換えのことを聞いて、オレはなけなしの金で切符を買い、始発の電車に乗った。幸い、南雲の部下らしき人にも会わなかったし、オレの家出は成功ってところかな。

帽子を目深《まぶか》にかぶり、居眠りをする。腹が減ったらおにぎりを食べて、何度か乗り換えた後に、目的地に至る電車にやっと乗ることができた。正確に言うと、母さんがいるところまでは、駅から降りてバスに乗らないといけないみたいなんだけど。なんでも、観光客のために、直通バスが出ているらしい。

とにかく、あと少しだ……。

ひなびたローカル線で、乗り降りする人も少ない。この車両の中にも、ひょっとしたら悪い奴が紛れ込んだりしてるのかなと思ったが、あまりそういう感じはない。悪い奴は、こんなローカル線には乗らないのかもな。どうせ、金儲けしていい車に乗ってるだろうし。

駅に着いた。電車を降りて、改札を抜ける。

その先に立っていた人物を見て、オレは自分の目を疑った。

「やあ、よく来たね。待ってたよ」

髪は七三分け、黒いフレームの眼鏡をかけて、冴えないスーツを着た男は、なんと南雲だった。

南雲の部下から連絡が行って、ここで待ち伏せしていたのか。馬鹿だ、オレ。だけど、書き置きしなかったら、誘拐されたと思われたかもしれないしなあ。そんな騒ぎを起こして、南雲を悩ませたくはないよ。ただでさえ、作戦が頓挫《とんざ》して困ってただろうし。

南雲の顔はニコニコしているけど、目は怒っている。

そりゃ、そうだろうな。おとなしく待ってろって言われたのに、こんなところまで一人で来たんだから。

南雲は親戚のおじさんか何かみたいに、オレの肩を親しげに抱いた。

「久しぶりだね。向こうからは朝早くから出てこなきゃいけなかっただろう？　大変だったね」

嫌味が含まれている小芝居をしながら、南雲はオレを駅の外に連れ出した。

オレとしては、連行されていく車に、オレを乗せた。

南雲は駅の近くに停めていた車に、オレを乗せた。

「……で、どうして君がこんなところにいるのかな？」

「待ってるだけじゃ嫌だったんだ。オレだって何かできる。それに……」

「それに？」

「南雲のパソコンで神子町のホームページを見た。母さんの写真が載っていて、それはオレが見た夢の母さんと同じ顔で同じ格好をしていたんだ。神社みたいな建物も同じだった」

南雲は眉をひそめて、オレの顔をじっと見つめている。

「……オレの言うことが信じられないなら、それでもいいよ」

「いや、君はその血筋だし、ひょっとしたらそういう能力が少しはあるのかもしれない。だが、君がそれを予知したからって、別にここに来る必要はないだろう？」

「オレは……金ぴかの神社みたいなところで、母さんと会ってた。だから……よく判らないけど、会いにいくべきなんじゃないかって。予知なら、そうなるべき未来ってことだろう？」

南雲は難しい顔をして、考えていた。

ひょっとして、オレを別荘に帰そうと思ってるのか。オレをどんな言葉で言い包《くる》めようかと考えているのかもしれない。

「だから、オレは母さんに会いにいくんだ」

「君の夢では、お母さんは助けられていた？」

「さあ……そこまでは。南雲に声をかけられたから、途中で終わっちゃったし」

「それじゃ、君に何かできるかどうかなんて判らないじゃないか」

うーん。そうだけどさ。

ここまで来たんだから、帰れなんて言わないでほしい。オレだって、何かの役に立つさ。たぶん……。

「まあ、仕方ないな。今更、君を一人で帰すよりは、一緒に行動したほうが安心だ。こっちに来ている部下を君のために割けないし、今は他の人間が迎えにくるまで待ってるわけにもいかない」

「やった！」

喜んだら、南雲ににらまれてしまう。

「ただし、うかつな行動はしないこと。僕の言うことは絶対聞くこと」

「はい！　判りました！」

南雲の部下になったつもりで返事をしたが、これも気に入られなかったようで、溜息をつかれた。

「そういえば、連絡のつかない人はどうなったの？」

「それが……やっぱり連絡がつかないままなんだ。どうやら向こうに捕まったんじゃないかと思う。様子を見にいっただけのはずなのに、どうしてそんなことが起こったのか、判らないんだけど」

「警察に知らせる……とか。町の警察は役に立たないかもしれないけど、県警とかなら……？」

オレはよく知らないけど、まさか警察の人がみんなグルってわけじゃないだろうから、なんとかなるじゃないかな。

「子供じゃないんだから、行方不明ですって言っても、警察は捜査してくれないよ。建前としては、ただ占いみたいなものをしてもらいに行っただけだし、それで一日帰らなかったからって、事件性アリとはとても判断してくれないだろうね」

「じゃあ、母さんが軟禁されてるって……言っても無駄？」

「今はね。君のお父さんがいろいろ根回し中だから、なんとかなるかもしれない」

根回しって、そんなものが必要なほど、利権が絡んでるのか。なんだか怖くなってきた。いや、自分の身が……じゃなくて、南雲の部下の人が、どうなるのかって考えたら……。

やっぱり、ここはオレもなんとか協力したい。南雲はオレがおとなしくしてればいいとだけ思ってるみたいだけどさ。

業務のためとはいえ、普通の警備会社の人はそんな危険な仕事しないのに。いや、南雲の会社って、ちょっと胡散くさいかもしれないな。父さんがオーナーだって言うし、こういう変わった仕事のために作られた会社だということも考えられる。

けど、どっちにしろ、オレの母さんを救うために、捕まったみたいだから、なんとかしてあげたい。

「それで……南雲はこれからどうするんだ？」

「君のお母さんは後からでも助けだせる。問題はうちの部下だな。どこでどうなっているのかが判らないと。とりあえず、お母さんがいる場所は判っている。近くまで行って、何か手がかりがないか調べてみよう」

「うん、判った」

南雲は車のエンジンをかけた。ハンドルを握ったものの、ふとこっちを見る。

「何？　人の顔じろじろ見てさ」

「いや……心配だな。やっぱり君には帰ってもらったほうがいいかもしれない」

「やだよっ。オレは帰らないからな！」

ワガママなんだろうけど、今日はこれで押し通すんだ。あれがオレの予知ならば、絶対、母さんと会えるチャンスが来るはず。

南雲は溜息をついた。

「とにかく……勝手な行動はしないでくれよ」

ごめん、南雲。オレのこと、心配してくれてるのは嬉しいけど、これだけは譲れないんだ。

車はスタートして、町の大通りを走っていく。このへんは店が建ち並んでいるが、少し行くと、もう田んぼだらけになっていく。

「ずいぶん田舎なんだね……」

「だから、君のお母さんも逃げにくいんだろうな」

母さんは若い頃、この町を一人で逃げ出したんだ。すごい冒険だったのかな。でも、どうやって逃げたんだろう。この町の電車だって、そんなに人がたくさん乗っていたわけじゃないし、家出したら目立つような気がするんだけど。

それとも、車に乗って逃げたのかな。運転免許、持ってたんだろうか。

「父さんは母さんとどこで出会ったのかな……」

「ああ､君のお父さんは当時の巫女……つまり君のおばあさんに相談しにきていたんだよ」

「え……確か預言なんか必要ないって言ってなかったっけ」

オレはあれを聞いて、ついカッコイイなんて思ったのに、騙されてたのかな。

「ああ、でも、君のお父さんはまだ若かったし、付き合いのある社長さんの勧めがあって、断れなかったらしい。そこで娘であるお母さんとたまたま出会って、家出の手伝いをしてしまったってわけなんだ」

「早い話が、父さんが母さんを連れて逃げたんだね。でも、それって、バレなかったの？ その付き合いのある社長さんも怒ったんじゃない？」

「バレたさ。だから、後になってここの奴らが取り返しにきた。そうでなければ、どこに逃げたかなんて判るはずがないからね」

なるほど。父さんとの接点で見つけ出したのか。オレの場合も同じだろう。指名手配されてるわけでもないのに、広い日本でなかなか見つけられるもんじゃないもんな。

「しかし、君のお母さんは君を守るために、嫌々ながらここに帰ってきたのに……。わざわざ自分から罠《わな》に飛び込むような真似をどうしてするかな」

「まあ……いいじゃん」

オレは言い訳ができないので、適当なことを言う。

「全然よくないよ」

南雲は溜息をつきつつ、ハンドルを切る。神子神社と書いてある大きな看板があり、方向を指示していたからだ。

「母さんは神社にいるの？」

「神社といっても、代々の伝説の巫女を神の使いに見立てて作ったものだから、普通の神社とは性格がかなり違う。でも、歴史は古いな。君の言う金ぴかの社殿というのは、相談者に預言をする場所として新しく建てられたものだから、とりあえず、昼間はそこにいるらしいんだ」

「ふーん……」

今は会えなくても、母さんの近くに行ける。そう思うと、なんだかドキドキしてくる。

車は駐車場に停まる。観光バスなんかも停まっているし、それこそ知る人ぞ知る神社なんだろうな。

神社はオレの想像よりはにぎわっていた。

広い敷地に大きな池がある。見回しただけでも大木がたくさんあるし、歴史の古さを感じる。伝説の巫女って、一体いつからこの地にいたんだろう。昔は軟禁なんかされずに、本当の神様みたいに大事にされていただろうにな。

石段を上がっていくと、社殿が見えた。その右側にある建物が、オレの夢に出てきた金ぴか御殿だった。

ここに今、母さんがいる……。

そう思うと、すぐに会いたくなってくるが、今はまだそのときじゃない。

オレはその気持ちを抑え、適当に参拝して、お守りなどが売ってある場所へと向かう。

いろんな種類のお守りがあって、商魂たくましい気がした。

「これ、買って」

母さんの写真が中に入っているというお守りを、南雲にねだった。自分が買いたいけど、とんでもなく高いし、南雲からもらった小遣いは交通費でほとんどなくなってしまってる。

南雲は何も言わずに買ってくれた。

ここに母さんの写真が入ってる。そう思うと嬉しくて、オレは袋の上からそっと両手の中に包んだ。

いや、行方不明になってる南雲の部下のことを考えたら、こんなことしてる場合じゃないか。

「ごめん、南雲。オレ、自分のことばっかり考えてた」

「いや、いいよ。害のない観光客に見えるから、そのほうがいい」

南雲はそう言って、右側の社殿のほうを指差した。

「あっちのほう、行ってみようか」

ぶらりと散歩するような感じで言ったものの、本当はそれがメインだ。いわゆる拝殿とは異なっていて、中は見えないようになっている。預言を行なう場所だから……というか、きっと相談者のためになのかな。

ほら、秘密の話とかありそうだし。

オレ達はその周囲をぐるりと回った。

裏口があるのか見たかったが、裏のほうまでは一般参拝客は行けないようになっていた。もし、ここで南雲の部下が捕まったんだとしたら、今はどこにいるんだろう。いや、ここで怪しまれて、別の場所で拉致されたかもしれないな。

そのとき、南雲が急にスーツのポケットから携帯を取り出した。マナーモードにしていたらしく、どこからか電話がかかってきたんだ。

「もしもし?……本当か?」

声を抑えていたものの、南雲の声に喜びの響きが混じっていた。ということは部下の人が見つかったってことかな。

「それで無事なのか?……今どこだ?　判った、すぐそっちに向かう」

南雲が通話を切ってすぐに、オレは話しかけた。

「見つかったの?」

「ああ。彼に直接聞きたいことがあるから、そっちに行く」

「うん、判った」

そこに母さんがいる……と思ったら名残惜《なごり》しいが、まさかオレだけここに残るとは言えない。というか、南雲は絶対許してくれないだろうし。

後ろ髪を引かれながらも、オレは南雲と共にその場を離れた。


向かったのは、隣町だった。といっても、ここもあまり町という雰囲気じゃない。山々に囲まれていて、田んぼや畑が多かった。それでも、しばらく行くと、商店街なんかが見えてきて、そこにあった総合病院に南雲は車を停めた。

病院って……怪我でもしてるのかな。

南雲はどんどん中に入っていくから、オレも黙って後ろからついていく。その様子を見ていて、オレは心が痛んでどうしようもなかった。

直接的にオレのせいではないいんだけど……。

でも、やっぱり。

待合室を見回したら、二人の男が南雲に気がついて立ち上がった。南雲は急いでその人達の傍に寄る。この人もきっと南雲の部下なんだろう。

「彼の具合は……？」

「今、治療中です。骨折や打撲で……。でも、幸い重傷ではありません」

そこから、彼は声を潜めた。

「やっぱり菅沢《すがさわ》の屋敷に閉じ込められていたようです」

菅沢って誰だろう。屋敷というからには、お金持ちそうだし、土地の有力者のことなのかな。

「私達がそのあたりを調べているときに、ちょうど彼が自力で脱出してきて……。すぐに保護して、ここに連れてきました」

「そうか。偶然とはいえ、よかった」

南雲は本当にホッとしたような声で言った。

「どうやら相談所に盗聴器が仕掛けられていたみたいで、それで脱出のことを話したところを聞かれていたらしいんです。向こうも友基君が隠されたことで、警戒していたのかもしれませんね」

知らない人に、いきなり友基君と呼ばれて、変な気持ちだ。けど、そんなこと考えてる場合じゃないか。

「神社の駐車場で、車に乗ろうとしたところを襲われ、屋敷に閉じ込められていたそうですが、怪我はそのときに負ったものだとか。まあ、持ち物を調べられたそうですが、特に中でひどい目に遭ったというわけではないようです」

「それは……不幸中の幸いだな。それに、これは警察に菅沢の屋敷を捜索させるいい口実になるかもしれない。怪我をさせられ、監禁されたのは事実だから……。とにかく、国枝さんに連絡を取ってみよう」

この場合の国枝さんはもちろん父さんのことだ。父さんとの連携が上手くいってないと、いろいろマズイことがあるんだろう。南雲は電話をかけるために、病院の外に出る。オレはどうしようかと思ったが、南雲がわざわざ振り返って、ついて来いって目で合図するから、ついていった。

南雲はオレのこと、全然信用してないんだな……。

別荘から勝手に抜け出されたから、信用できないのも無理はないかもしれないけど。警察が上手く動いてくれれば、危険を冒して母さんを助けるより楽だし、何より逃げ回らずに済む。オレもちゃんと学校に行けそうだった。

南雲は父さんに電話して、状況を伝えた。南雲がいろいろ打ち合わせをしている最中に、オレはふと、病院の駐車場に怪しげな車が連なって入ってきたのに気がついた。いや、同じ型の車が三台一緒に現れただけなんだけど、なんとなく怪しいと思ったんだ。

オレは南雲の腕を引っ張る。

「ねえ……この町、本当に大丈夫？　隣町っていっても、実は影響あるんじゃや……」

もしくは、この病院にあっちの関係者がいたとか。それで菅沢の屋敷から逃げ出した人がここにいるってバレたんじゃないかな。

「影響……あるかもしれないな」

南雲もオレの言いたいことに気がついたようで、通話を途中で切った。

車からはなんとなく怪しげな男達が降りてきて、南雲やオレには目もくれず、病院の中へと入っていく。

「助けにいかなきゃ……！」

南雲はちらりとオレを見た。

オレがいるために南雲はうかつに動けないんだ……！

何か役に立つつもりで来たのに、オレなんかやっぱり足手まといだったんだな。でも、今、そんなことで落ち込んでる場合じゃなかった。

「オレ、車の中で隠れてるから……」

「判った」

南雲はオレにキーを渡すと、病院に入っていった。

オレは車の後部座席の足元のほうに隠れてみた。狭いけど、なんとか大丈夫だ。それでも、頭だけ出して、窓から病院のほうを窺ってみた。

いくらなんでも病院だし、待合室には他に人がいたし、そんな乱暴なことにはならないんじゃないかな。でも、なんか非合法なことがまかり通っているところだから、オレはとにかく怖くてならなかった。

中でどういうやり取りがあったのか、オレには判らない。しばらくして南雲や部下の人、そして腕を三角巾で吊っている人が、病院から出てきた。けれども、その後から、まるで脅かすような雰囲気で、あの怪しい男達も出てきたんだ。

オレはそっと頭を引っ込めた。

駐車場は広いし、あいつらが停めた車は離れたところにあったけど、見つかると困る。もちろん南雲達を助けたい気はある。でも、オレ一人じゃ絶対無理だし。

そのうちに、彼らの車が駐車場から出ていく音がして、顔を上げた。

たぶん、あの中に南雲達も乗せられて……。

オレは父さんに連絡しようと思った。だけど、携帯を持ってない。どうせなら、南雲にキーだけじゃなく携帯も借りておけばよかった。

となれば、公衆電話しかないか……。

オレは車の外に出て、キョロキョロしながら、病院の駐車場を出た。病院なら公衆電話があるはずだ。でも、戻ると怖いし。オレは歩き回りながら、公衆電話を探した。

やっと見つけたところで、オレは自分がお金をあまり持ってないことに気づいた。どうせなら、南雲にお金も借りておけばよかった。今更だけどさ。

とにかく、なけなしのお金を手に、オレは父さんの携帯番号を必死で思い出そうとした。

オレはけっこう番号を覚えるのは得意なんだけどな。嫌いな父さんの番号だから、無意識のうちに忘れようとしていたのかもしれない。何度かかけ間違えて、無駄なお金を使った後、やっと父さんとつながった。

「父さん！　南雲と部下の人が三人、怪しい男に連れていかれたんだ！」

南雲との通話の途中で切られていた父さんは、それだけで状況が把握できたらしい。

「判った。今、私は警察にいる。じき救出できるから、おまえは心配するな」

父さんはそれだけ言うと、一方的に電話を切った。

あ……ちょっと待ってよ！　オレはどうすればいいわけ？

つながってない受話器に向かって叫ぶところだった。もうお金はないし、電話はかけられない。どこに行くにも交通費はないし、本当にどうすればいいんだろう。

交番に……行くのもなんとなく嫌だなあ。父さんが警察にいるってことは、根回しは済んだって意味なのかもしれないけど、やっぱり行きたくない。

どうしようかと考えたが、警察が菅沢って人の屋敷に捜査に行くのなら、オレがそのへんをウロウロしてたってOKだってことだ。どうせ、オレどころじゃなくなるんだし。だったら、オレは母さんに会いにいこう。あの金ぴかなところから、母さんを助けだすんだ。

そんなわけで、オレは歩いた。徒歩しか手段がなかったからだ。

歩き続けたら、やっと神子町に辿《たど》り着いた。それから神社までさらに歩いて、着いた頃にはもう夕方だった。

なんか、さんざんな一日って感じだ。つい昨日まで、南雲と別荘でいちゃいちゃしていたのにさ。

南雲と一緒にここに来たときに比べると、もう人がまばらだ。オレは一応、周囲に気を配りながら境内へと進んだ。

金ぴかの社殿……というか、相談所なんだっけ。

オレは入り口らしきところに手をかけた。てっきり鍵でもかかっているのかと思ったら、あっさりと開く。そりゃあ、相談客が出入りするんだから、鍵をかけてるわけないか。

長い廊下の奥のほうから話し声が聞こえる。

オレは忍び足でそちらに近づいた。

耳を澄ませて、話の内容を聞くと、どうやらこの日最後の相談客が来てるようだ。

女の人の声は……母さんの声なのかな。

オレは幼い日の記憶を辿ってみたが、母さんの声かどうか、はっきり判らなかった。もう、あまり覚えてないんだ。ボンヤリとしかさ。

挨拶の声が聞こえたから、オレは思わずその手前の部屋に入った。幸い誰もいない。そこは相談者の待合室みたいなところだった。豪華そうなソファなんかがあって、きっとお金持ちしか、相談に来ないんだろうなあと思った。

お守りでさえ、あんなに法外な値段だったんだから、相談料はそりゃあすごいだろう。

人が通り過ぎて出ていく気配がした。

オレはそっと部屋を出て、奥のほうの部屋を覗いた。

それはまさに、あの夢のとおりだった。巫女姿の女性がオレに背を向けて立っている。

心臓がドキドキする。

その女性がオレのほうを振り向いた。

母さん……って言おうとしたけど、声が出ない。一瞬だけ、母さんは小首をかしげてオレを見ていたけど、ハッと気がついたように口を開いた。

「友基……？」

オレは急いでうなずくと、母さんの腕を素早くつかんだ。

「逃げよう！」

あまりに行き当たりばったりで、後先考えてない行動だって自分でも思う。だけど、オレは今すぐ母さんを助けたかったんだ。

奥のほうの部屋から二人の男が急いで飛び出してきた。

そういえば、盗聴器がついてるんだっけ。でも、もうどうだっていいや。破れかぶれじゃないけど、オレは母さんの腕をつかんで、そのまま外へと飛び出した。

母さん、足袋《たび》のままじゃないか。けど、靴なんかなかったし。

てくる男達と対峙した。

「ごめん。足痛いだろうけど、ちょっと我慢して！」

「逃げるなんて今は無理よ……！　友基だけ無事なら、母さんはいいから……」

「全然よくないよっ。もう警察の手も入ってるし、ここにもすぐに助けが……」

遠くでパトカーのサイレンの音が聞こえてた。しかも、だんだん音が近づいてくる。

だったら、もう逃げる必要はないってことだ。オレは母さんを後ろに隠して、追いかけてくる男達と対峙した。


こいつらがいつも母さんの傍について、軟禁していたのか……。

いや、こいつらだけじゃないいな。この町ではたくさんの人間が、この件に加担しているに違いない。みんなで母さんを苦しめて、神秘の巫女だとかなんとか言って、食い物にしてたんだ。

「ねえ……あんた達、捕まっちゃうよ」

だけど、男達はオレの言ってる意味がちっとも判ってないみたいだった。

「誰に捕まるって言うんだ？」

そんなことを言いながら、ニヤニヤしている。

あたりはもう人がいない。乱暴なことをしても大丈夫だって思ってるんだよな、きっと。

パトカーの音がすぐ傍まで聞こえてくる。たぶん駐車場どころか、神社の中に入ってきてるんだ。たぶん石段の下まで。

男達の顔が引きつってきた。

「警察かっ？」

「あのサイレンはそうだろうね」

呑気そうに答えたら、男達は逆のほうに逃げ出した。でも、裏門のほうもサイレンが聞こえるんだけど、どこに逃げるつもりなんだろう。

石段を警察の人が駆け上がってくる。

「友基……」

母さんは気が抜けたように、オレにすがりついてきた。

ああ……。母さんって、こんなに小さかったんだ……。

オレは初めてそれに気がついた。


結果的に言えば、オレはまた南雲に怒られた。

じっとしていればいいものを、わざわざ母さんに会いにいって、危険な目に遭いかけたことを非難された。

必死で番号を思い出して、父さんに南雲達のことを連絡したのは、オレなのになあ。

南雲は特に怪我もしてなかった。怪我した部下とあと二人の部下を庇《かば》うために、抵抗らしきこともしなかったからだそうだ。

まあ、他にも部下が何人か町に潜入していたようだし、何より父さんが助けてくれることを信じてたんだろうけど、オレのことはものすごく心配したらしい。オレに言わせれば、オレのことも信じてくれよって感じなんだけど。

母さんを長い間、軟禁していた菅沢って人は捕まった。母さんの証言もあり、その関係者も次々に逮捕となり、とりあえずは落ち着いた。

もちろん、まだ裁判とかあるだろうけど……。

しばらくの間、オレは母さんと一緒に別荘で過ごした。もう冬休みに入っていたからなんだけど、そうやって長い時間のブランクを徐々に埋めていった。

時々、父さんもやってきて……。

まるで昔に返ったみたいだった。

でも、母さんはまた神子町へと戻っていった。たくさん相談者がいて、母さんを頼ってくるから、自分の力でなんとかできるのならって……。

ただし、法外な相談料やお守りなんかはやめにするそうだ。菅沢が戻ってきたら……とか、気になるけど、いつも連絡を取り合っていれば安心だからね。

そうして、オレはやっと自宅マンションへと戻ることになった。

「久しぶりだね」

別荘まで、一人残されたオレを迎えにきたのは、南雲だった。

「うん……」

オレは自分から南雲に抱きついた。

二人きりになったのは、南雲が部下を救うためにここを離れて以来のことだったからだ。

あれから、ずいぶん長い時間が経った。今でも、南雲はまだオレのことを好きでいてくれるんだろうか。

南雲はオレの身体を放すと、額に軽くキスをした。

そうしてにっこりと笑う。

南雲はいつもこうして笑うけど、あまり本心は見せない。だから、この笑顔に本当は何が隠されているのか、オレにはよく判らないんだ。

唇にキスしてくれなかったことで、不安が過ぎる。

たったそれだけのことって自分でも思う。だけど、長く離れていたから気になるんだ。

だいたい、南雲とオレを結びつけた事件は解決を見たわけだし、ひょっとしたら、オレはもう南雲にとって必要ないんじゃないかと思って……。

「荷物、運んでしまおうか」

「うん……」

オレがここで使っていたものは、すべて南雲達が揃えてくれたものだ。お金を出したのは父さんかもしれないけど。

どっちにしたって、父さんの別荘にオレの荷物が残されていても仕方ないだろう。ひょっとしたら、ここは向こうの奥さんとかお兄さんが使うかもしれないんだし。

荷物を車に詰め込んで、オレは別荘を振り返った。

イギリスの田舎風の家。遠くに山々が見え、家を取り囲むように葉っぱが落ちた落葉樹があった。

オレはもう予知の夢みたいなものを見ることはなかった。

あれが本当に予知だったのかどうか、自分ではもう判らない。母さんが見せてくれた幻だったのかも……。

「行こうか」

南雲に急《せ》かされて、オレは車に乗った。

「ここに来たときは女の子の姿だったのにね」

「オレはもう、あんな格好、絶対しないぞ！」

してたまるか。と思いつつ、仕方ないから自分の荷物にあの服を入れた。だって、それこそ、あそこに置いていくわけにはいかないから。南雲に返すのが筋だろう。

長いドライブを経て、やっと自分の部屋に辿り着いたときには、もう夜だった。

「うわあ。もう、一ヵ月ぶり……以上かな」

気がつけば、新しい年を迎えている。学校にも長いこと行ってない。しっかり勉強しないと、ついていけないかもしれなかった。

南雲はオレのクローゼットの前まで荷物を運んでくれた。

「ありがとう！」

時間がゆっくりと前に戻っていくような気がする。

この部屋で、南雲と一緒に食事をしていたあの時間まで。

夕食はレストランで食べてきた。とりあえず、今日はここで夕食を食べることはない。

明日からは……どうなるのか判らないけど。

オレはそれを南雲に訊くのが怖かった。

付き合いはもうこれっきりだと言われるような気がして。

オレはドキドキしながら、南雲のほうを見た。

「えーと、コーヒーでも飲む？」

「そうだね。もらうよ」

南雲がそう言ってくれたことに、ホッとする。

オレはコーヒーメーカーをセットして、ソファに腰かけた南雲のほうに目をやった。オレのほうは一人でドキドキしているのに、南雲はゆったりと構えている。

やっぱり、オレなんか、もうどうでもいいのかな……。

だいたい高校生のオレをエッチの相手にしていたのが変なんだ。南雲はカッコイイし、相手はいくらだっているだろうし、何もオレじゃなくてもさ。

「テレビ、見る？」

「いや……別にいいよ」

シーンとしていたから気になったんだけど、南雲は気にならないらしい。オレは仕方なく静かな部屋の中で、カップの用意をした。

そのうちにコーヒーができたから、それを注いで、南雲のところまで運んだ。

「サンキュー」

南雲はコーヒーに口をつける。

オレは遠慮しながらも、南雲の隣に腰かけ、カップを手に持った。

「あ、あのさ……」

「何？」

南雲は軽く返事をする。オレの不安なんて、どうでもいいんだろうな。

「えーと……オレをガードする仕事は、これで終わったの？」

「そうだね。これからは元の業務に戻るよ」

南雲は元々、会社経営が仕事だったっけ。オレをガードしたり、一緒に別荘で暮らしたり、母さんを奪還するために動いたり……。そういうのは、業務外の特別な仕事だったたんだもんな。

なんだか、南雲があんまりあっさりとしているから、オレは拍子《ひょうし》抜《ぬ》けだった。オレに対して、少しでも情が残ってるのかって思ってたオレが馬鹿だったよ。もう、なんの興味もないような感じで、そうだねって言われたら、何も言えないよ。

ああ、そうだったんだ……って。

南雲はコーヒーを飲み干すと、そそくさと立ち上がった。

「じゃ、僕はこれで」

「えっ……もう帰るの？」

あっさりにしたって、限度があるじゃないか。何度もエッチした仲なのに『じゃ』で終わりなんて、あんまりだ。

「うん。君はこれから遅れを取り戻すために勉強しないとね」

南雲はオレの頭を撫でた。

まるで、子供扱いだ……。

あんなにキスして、エッチして、好きだとか大事だとか、なんかいっぱい言ってくれたのは、一体なんだったんだろう。

南雲はオレに背を向けた。

「オレは……！」

これだけで終わりなんて、絶対嫌だ！

振り向く南雲に、抱きついた。

「オレは……南雲にあっためてもらいたい……っ」

せめて最後には抱きしめてほしい。このままで終わりにしないでほしい。

お願いだからさ。

南雲は躊躇《ためら》いながらも、オレの背中に手を回して、やがてギュッと抱きしめた。

オレはこれが欲しかった。南雲にこうしてほしかったんだ。

「友基……」

名前を呼ばれて、顔を上げる。南雲はじっとオレを見つめて、それからゆっくりと唇を重ねてきた。

身体にじんと広がるものがある。

オレは……南雲が好きなんだな……。

「どうして泣くの？」

オレの目には涙が溜まってしまっている。

「南雲が……好きだ……って……」

そう言っているうちに、涙が頬を伝って落ちてきた。

最後だったら、好きだったことくらいちゃんと伝えておきたい。オレの気持ちだから。

南雲はいきなりオレを抱き上げた。

「えっ……？」

「そんなことを言われたら、即ベッドに行くしかないだろう？」

いきなり、そんな展開？

でも、それでもいい。今は南雲に何をされたっていい。どんなエッチなことでもできそうな気分だった。

南雲がオレの顔にたくさんキスをしてくる。額だろうと鼻だろうと、本当に夢中になってオレにキスしてくるんだ。

今さっきまで冷たかったのに……？

不思議だけど、南雲がオレにキスする気になってくれたのが嬉しい。オレは南雲の背中に手を回して、強く抱きしめた。

南雲はオレの額にかかる髪をかき上げて、ふっと笑った。

「可愛いよ」

それ、本気で言ってるのかな。南雲の言うことは今ひとつ判らない。女装したときも、そんなことを言っていたし。

「寒くない？」

南雲はオレの着ていたものを脱がそうとして、ふと手を止めて訊いた。

「大丈夫」

暖房つけてしばらく経つし、南雲がこんなにあったためてくれるんだったら、寒いはずがない。

南雲はたちまちオレを全部脱がせてしまった。

「オレだけ……？」

「気にしないで」

蕩けそうな笑みを見せると、南雲はオレの身体のあちこちにもたくさんキスしてくる。

オレはキスばっかりされて、気が遠くなりそうだった。

幸せ……なのかな。

よく判らない。でも、南雲がオレを抱こうとしている今は幸せでいいんじゃないかな。

南雲はオレの両足を大きく開いた。

「可愛いなあ……」

「何、言ってんだよ……。ていうか、どこ見て言ってんだよ」

「どこって……ココ」

南雲は両足の奥のほうを指で探った。

「そこ、見えてないだろ」

「ああ、もっと足を上げてくれなきゃね」

南雲はぐっと両足を押し上げた。足どころか腰まで持ち上がっていく。自分の足の間から南雲の顔が見えるという具合で、もちろん何もかも南雲の前にオレは晒すことになってしまう。

「これ……恥ずかしいんだけど……」

南雲に何されてもいいなんて思ってたオレだけど、こんな格好はやっぱり恥ずかしい。

「恥ずかしいところがいいんじゃないか」

南雲はオレの足を押さえながら、奥まった部分を舌で舐めていく。

「あ……あっ……」

なんか、いきなりだ。温かい舌で舐められているうちに、オレは気がつくと、催促するように腰を揺らしていた。

「……いいの？」

「だって……」

こんなに気持ちいいのに、じっとしてることなんてできない。

南雲は指を入れてくる。

「ああっ……あ……はあっ……」

オレの身体はどんどん燃え上がっていく。もっとゆっくりと最後のエッチを楽しみたいのに、こんなに早くイクのは嫌だ。

でも、オレはそこの部分だけでイキそうなくらい、感じまくっていた。

ダメだ……。

オレは必死で力を入れて我慢しようとする。

「そんなに締めつけて……」

南雲はちょっと笑うと、二本目の指を差し入れてきた。

「やぁ……っ」

南雲はじっくり愛撫しているつもりかもしれないけど、オレの身体は我慢できない。

久しぶりだからなのかな。

前のほうなんかまだ触ってもらってもいないのに。

オレはなんだかたまらなくなって、両手で股間を押さえた。

「何？　自分でするの？」

「そうじゃないけど……」

「していいんだよ」

そんなの嫌だって思うのに、オレの手は勝手に動いていく。南雲が指を動かすのと、同じリズムで……。

馬鹿馬鹿、オレの馬鹿！

だけど、あまりに強すぎる快感に我を忘れる。

気持ちよくて……。

とうとう我慢しきれずに、オレはそのまま達してしまった。

息を整えながら、オレは手を離した。南雲は指を引き抜くと、オレの手首を取り、汚れた部分を舐めた。

「き……汚いよ……」

「汚くないよ」

南雲は平気そうにそこを舐める。もう、オレの何もかもを肯定してくれているような気がして、胸の内が熱くなってきた。

オレはやっぱり幸せ者なんだ。

これで終わりにせよ、南雲はここまでしてくれる。オレの全部を許してくれてるんだ。

南雲は手を離すと、オレの顔を見て、ふっと微笑んだ。

ネクタイを外し、スーツの上着を脱ぐ。そこまではエッチのときによくする格好だ。だけど、それから先もオレの目の前で脱いでいくんだ。

「あ……すごい」

「何がすごい？」

「うーん、いろいろと」

少なくとも、オレの前で脱いでくれたことは今までなかった。別荘にいるときも、あそこに隠れてるってこともあって、あんまり気を抜くことはなかったし。

今は仕事が終わってくつろいでるから、きっと全部脱いでくれるんだろう。

だったら……これでよかったのかも。

最後に南雲とこんな形で抱き合えるなんて、最高じゃないか。

南雲はオレの両足を抱えて、腰を押し進めていく。

「あぁ……」

そこが広がって、南雲を受け止めている。久しぶりのせいか、ずいぶんきつく感じる。

「すごく締めつけてるんだね。嬉しい？」

「あ、オレ、そんなに締めてる？」

「そうだよ」

力を緩《ゆる》めようとしたけど、できなかった。コントロールできるほど、慣れてるわけでもないし。

「いいんだ。そのままで……気持ちいいよ」

南雲はそんなふうに言ってオレをなだめると、腰を動かした。

「あん……あっ……あ」

奥のほうまで波が打ち寄せてくる。気が遠くなるほど、それが気持ちよくて、オレは南雲のほうに腕を伸ばした。

「南雲……っ」

呼んだら、南雲が強く抱きしめてくれる。

嬉しい……。

素肌の温もりがダイレクトに伝わってきた。

この温もり、オレはずっと忘れない。いろんなことあったけど、こんなふうに身体も心もあっためてくれた人のことを、オレは忘れないよ……。

南雲が激しく動くたびに、オレの快感のレベルは急激に上がっていく。

頭の中も熱くなってきて、オレはもう何がなんだか判らなくなっていた。

ただ、ひたすら気持ちよくて。

やがて、オレは身体の奥から何かが突き上げてくる感覚を味わった。


頭の中にいろんな映像が浮かぶ。

これも予知……?

これは、南雲との今までどおりの生活だ。まだここを出て別荘に行くまでの……。一緒に買い物に行って、食事を作り、一緒に食事をして……。

南雲がオレの顔をじっと見つめて、微笑んだ。

なんだ、これって予知じゃないじゃん。オレの願望だ。オレはただ願望を夢見ていただけなんだよ……。

身体はまだ余韻を引きずっている。けれども、もういつまでも未練を引きずっていたんじゃダメなんだ。

オレは決心して目を開けた。

南雲は目が合うと、にっこりしてくれる。でも、南雲はいつも目が合うと、こんな顔をするんだ。だから、変な期待しちゃダメだ。

「大丈夫？」

「うん……平気」

南雲は手早く後始末をしてくれた。

なんだか南雲の顔がやけに嬉しそうなのは、気のせいかな。

南雲は下着を身につける。そうして、またスーツを着込んで、オレに背を向けるんだろう。と、ベッドにボンヤリ起き上がったオレは、そう思っていた。

ところが、南雲は下着のまま、どこかに行こうとする。

「えっ、どこに行くんだよ？」

「風呂にお湯を入れようかって」

「ええっ？　なんで風呂？」

「……ああ、僕がちゃんと綺麗に掃除をしておいたから、汚くないよ」

「いや、そんなことじゃなくて……」

どうして南雲がオレの部屋で風呂に入ろうとしてるんだろう。自分の部屋みたいにくつろいじゃってさ。

「別に気にしなくていいよ」

南雲はオレの言うことなんて無視して、風呂に湯を入れにいってしまった。もちろん、すぐに戻ってくるわけなんだけど。

「えーと……南雲は風呂に入っていくんだ？」

「風呂だけじゃなくて、今日はここに泊まる」

「……ええっ？」

驚いた顔のオレに、南雲は首をかしげた。

「嫌なの？」

「あ……そういうわけじゃないんだけど……」

南雲はベッドに腰を下ろして、オレの肩を抱いた。

「じゃあ、いいだろう？　君が初めて僕のことを好きだって言ってくれた日なんだから、一緒にいたいよ」

「え……」

もしかして、オレが何か間違ってたんだろうか。

これが最後のエッチじゃなかったってこと……なのかな。

「あのさ……南雲はオレのガードをするっていう仕事が終わったんだよな？」

「そうだよ」

「えーとえーと、だから、オレとこういうことするのは、もう最後なんじゃ……？」

「どうして？」

問い返されて、オレは困ってしまった。

どうしてってって言われても。

「これからプライベートな付き合いが始まって、愛を深めていくところなんじゃないか。せっかく君が好きだって言ってくれて、有頂天《うちょうてん》になってるのに、もしかして僕の勘違い？」

「あ……いや、勘違いしてたのは、オレのほうみたい」

オレは笑ってごまかした。

南雲はちょっと笑って、オレの頬に軽くキスする。

「僕はちゃんと好きだって言っただろう？」

「そうだけど……南雲がなんだか冷たいし、あっさりしてるし……唇にキスもしてくれないし……」

「ああ、そんなことか」

南雲はオレを抱き寄せて、膝の上に乗せてしまった。

向かい合わせで、相手の膝の上に乗るのって、相当恥ずかしい。しかも、全裸なのに。

「君は疲れてるだろうと思ったんだ。勉強だって遅れてしまったから、君もエッチなんてしてる場合じゃないだろうってね」

「なんだ……」

オレが思ってたのと、全然違う。ていうか、最初からそう言ってくれればよかったのに。早い話が、南雲の気持ちは最初にエッチしたときから、ずっと変わってないんだ。オレに真面目に生活してほしいと思ってるけど、たまに暴走してしまうかもって。

「あ……じゃあ、今のも予知かも」

「え、何？」

「エッチの後にいろいろ頭に映像が浮かんだんだ。南雲とオレが前みたいに、一緒に買い物をして、食事をして……って」

南雲はすごく優しい顔で微笑んだ。

あ……この顔だよ。夢でもこんなふうに微笑んだんだ。

「君はエッチすると予知ができるんだ？」

「あ、でも、自分のことしか判んないけどね」

それも解釈次第で、全然予知にならないこともあるし。

でも、それでいい。未来のことが全部判ってしまったら、つまらないし、かえってストレスになりそうだ。

南雲はオレの髪をそっと撫でた。

「うーん、可愛いなあ」

「何言ってんだよ。オレ、もう降りるから」

南雲の膝から降りようとしたが、逆にギュッと抱きしめられた。

「なんだよ、もう……」

「可愛いんだから仕方ないだろう？」

南雲はまたオレの顔のあちこちにキスを始める。

もしかして、暴走のスイッチがまた入っちゃった……？

けど、オレはそれでもいいような気がした。

とりあえず、今日はね。

抵抗をやめると、南雲は静かにオレをベッドに横たえる。そして、その上に、覆いかぶさってきて、じっと顔を見つめてきた。

なんだか見つめられるだけで、胸の奥がジーンとしてくる。

「……ねえ、風呂は？」

「後でね。今はこっち」

南雲は蕩けるような微笑を見せて……。
それから、甘いキスをした。

あとがき

こんにちは。水島忍《みずしましのぶ》です。

「君だけのガーディアン」、いかがでしたでしょうか。今までとは少し違った話となっていますが、楽しんでいただけたら嬉しいです。

とはいえ、途中でストーリーの辻褄《つじつま》が合わなくなって、めちゃくちゃでこずりました。書いている間にグルグルと迷走していって、どうなるかと思いましたが、ゲラを読み返してみると、なんだかすっきり読めてビックリ。私はあんなに悩んだのに、苦労の跡が見えないです。いいんだか、悪いんだか……。

主人公・友基《ともき》くんはその複雑な生い立ちにより、あまり他人と深く関わろうとしていません。でも、誰かにすごく甘えたいとか、癒《いや》されたい気持ちが本当はたくさんあって、それを満たしてくれたのが南雲《なぐも》なんですが、このままだと友基くんはずーっと猫のように南雲に甘えまくっているのではないかと……。

南雲がやたらとお兄さんぶって、真面目《まじめ》に生活をしなくちゃいけないと言うのには、友基くんのそういう淋しがりやな性格のこともあるようです。今は幸せなんだろうけど、この二人、大丈夫なのかなーとつい心配になってきます。

　そもそも、友基くんに「南雲」と呼ばせたのも、実は友基くんのお兄さんにそう呼ばれていたからなのではないかと、私は想像してるんですが。南雲の家の事情、南雲の友基父への尊敬、そして友基兄への親愛の情（小さいときから面倒を見ていたわけですから）を考えると、友基くんへの愛情はかなり複雑な想いが元になってるような気がしてならないんです。

　友基くんはかなりセンシティブな子なので、南雲が上手《うま》く包んでくれるといいんですが……。これまでいろいろなことがあった分、友基くんが幸せになれるといいなーと思います。

　友基くんのお父さんですが、私は書いていて楽しかったです。なんで、そんなに偉《えら》そうなのかと（偉そうキャラが好きなのです）。彼がしてきたことは決して褒《ほ》められることじゃないんですけどねえ。きっとこれから神子町にフラフラと遊びにいっちゃうと思うし。微笑《ほほえ》ましい反面、それはやっちゃいかんだろーと……。

　友基パパはこれから友基くんに対して、もうちょっと優しいところを見せてくれたりするんでしょうか。そうであってほしいと思います。友基くんは淋しがりやなんだから。

ともあれ、今までいろいろ不幸だった人達に幸せが訪れるといいなってことでー。

さて、今回のイラストは桜城《さくらぎ》やや先生です。って、私はとてもご迷惑をおかけしたみたいで……。知らなかったとはいえ、やっぱり原稿を遅らせた私が一番悪いので、本当に申し訳ありませんでした。でも、南雲と友基くんのラブラブなイラストを描いていただけて、とっても嬉しいです。南雲の流し目が色っぽくてクラクラ～(笑)。友基くんがこの目に翻弄《ほんろう》されちゃうのも判る気がします。本当にありがとうございました！

担当のI様。心を入れ替えて、次は頑張ります。いや、今までも頑張ってたはずなんですが、さらに頑張るということで。そして、もうこれ以上のトラブルが起きないことを願います。本当に……。

えー、この本を読んだ皆様、メールかお手紙で、感想などいただけると大変嬉しいです。お待ちしてますので、ぜひよろしく。

それでは、このへんで。次の花丸文庫までごきげんよう。

Hanamaru Bunko

作家・イラストレーターの先生方へのファンレター・感想・ご意見などは
〒101-0063 東京都千代田区神田淡路町2-2-2
白泉社花丸編集部気付でお送り下さい。
編集部へのご意見・ご希望などもお待ちしております。
白泉社のホームページはhttp://www.hakusensha.co.jpです。

白泉社花丸文庫
君だけのガーディアン

2006年2月25日 初版発行

著 者 水島 忍 ©Shinobu Mizushima 2006
発行人 三浦 修二
株式会社白泉社
〒101-0063 東京都千代田区神田淡路町2-2-2
電話03(3526)8070(編集) 03(3526)8010(販売)
印刷・製本 図書印刷株式会社
Printed in Japan HAKUSENSHA ISBN4-592-87460-9
定価はカバーに表示してあります。